nous les menteurs

E. LOCKHART

nous les menteurs

Traduit de l'anglais (États-Unis)
par Nathalie Peronny

GALLIMARD JEUNESSE

Titre original : *We Were Liars*

Édition originale publiée aux États-Unis par Delacorte Press,
une filiale de Random House Children's Books,
un département de Penguin Random House LLC,
New York, 2014

Pour Daniel

Arbre généalogique des Sinclair

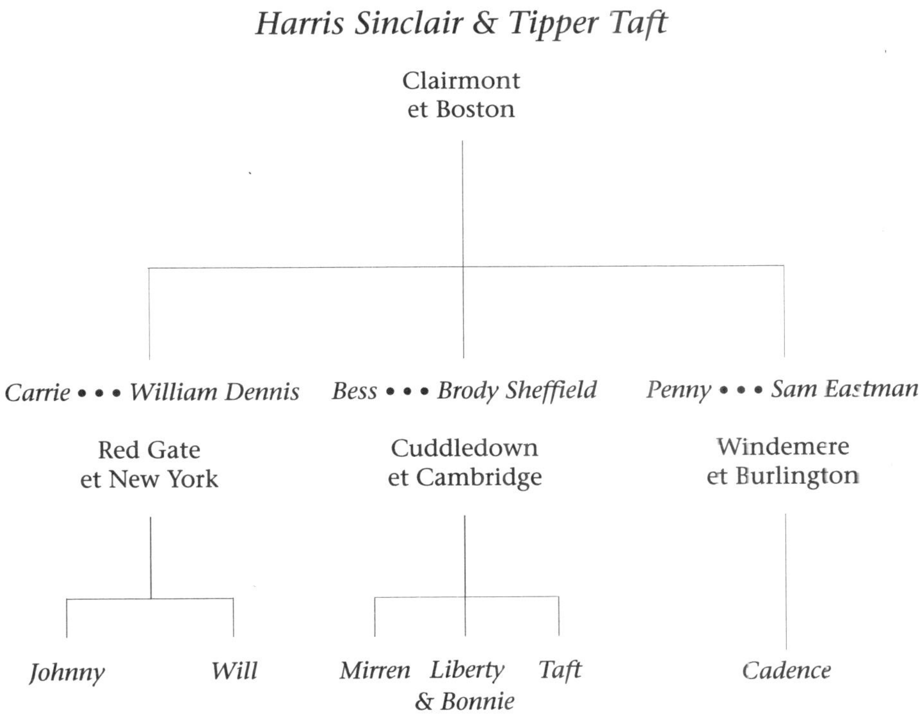

Première partie

BIENVENUE

1

Bienvenue dans la splendide famille Sinclair.

Chez nous, il n'y a pas de criminels.

Pas de drogués.

Pas de ratés.

Les Sinclair sont sportifs, beaux, sveltes. Nous sommes une vieille fortune. Nos sourires sont étincelants, nos mentons carrés, nos services de fond de court agressifs.

Qu'importe si les divorces nous lacèrent le cœur au point que notre pouls se débat. Qu'importe si les comptes fiduciaires se réduisent comme peau de chagrin ; si les relevés de cartes de crédit impayés traînent sur la table de la cuisine. Qu'importe si les flacons de cachets s'amassent sur la table de nuit.

Qu'importe si l'un d'entre nous est terriblement, désespérément amoureux.

Amoureux

au point

que des mesures tout aussi désespérées

s'imposent.

Nous sommes les Sinclair.

Chez nous, personne n'est dépendant.

Personne n'a tort.

Nous vivons, du moins l'été, sur une île privée au large du Massachusetts.

C'est peut-être tout ce que vous avez besoin de savoir.

2

Mon nom complet est Cadence Sinclair Eastman.

Je vis à Burlington, dans l'État du Vermont, avec ma mère et nos trois chiens.

J'ai bientôt dix-huit ans.

Je possède une carte de bibliothèque bien usagée et pas grand-chose d'autre, alors que j'habite une vaste maison remplie d'objets coûteux et inutiles.

J'étais blonde autrefois, mais à présent j'ai les cheveux noirs.

J'étais forte autrefois, mais à présent je suis vulnérable.

J'étais jolie autrefois, mais à présent j'ai l'air maladif.

Il est vrai que je souffre de migraines depuis mon accident.

Il est vrai que je ne peux pas souffrir les imbéciles.

J'aime jouer sur les mots. Vous voyez ? *Souffrir* de migraines. Ne pas pouvoir *souffrir* les imbéciles. Le mot signifie presque la même chose dans les deux phrases, mais pas tout à fait.

Souffrir.

On serait tenté d'y voir un synonyme d'endurer, mais ce n'est pas vraiment exact.

Mon histoire commence avant l'accident. L'été de mes quinze ans, au mois de juin, mon père nous a quittées pour une femme qu'il aimait plus que nous.

Papa était un professeur d'histoire militaire à la carrière relativement médiocre. Je l'adorais. Il portait des vestes en tweed. Il était maigre. Il buvait du thé avec du lait. Il était fan de jeux de société (et il me laissait gagner), fan de bateau (et il m'apprenait à faire du kayak), de vélo, de livres et de musées.

Il n'était pas trop fan des chiens, en revanche, et il devait vraiment beaucoup aimer ma mère pour autoriser nos golden retrievers à dormir sur les canapés ou pour les emmener marcher près de cinq kilomètres tous les matins. Il n'était pas trop fan de mes grands-parents non plus, et il devait vraiment beaucoup nous aimer, maman et moi, pour accepter de passer tous ses étés à la maison Windemere, sur Beechwood Island, à rédiger ses articles sur des guerres terminées depuis belle lurette et à sourire à table pour faire plaisir à tout le monde.

Au mois de juin de l'été quinze, papa nous a donc annoncé qu'il nous quittait. Deux jours plus tard, il est parti. Il a expliqué à ma mère qu'il n'était pas un Sinclair et qu'il n'arrivait plus à faire semblant. Il n'arrivait plus à sourire, à mentir, à faire partie de cette splendide famille dans ces majestueuses villas.

Il n'en pouvait plus. Il ne voulait plus de tout ça.

Il avait déjà loué les camions de déménagement. Et déjà loué une autre maison, aussi. Il a posé sa dernière valise sur la banquette arrière de sa Mercedes (maman devrait se contenter de garder la Saab) et il a mis le contact.

Puis il a sorti un revolver et m'a visée en pleine poitrine. Debout sur la pelouse, je me suis écroulée. Le trou formé par la balle s'est élargi et mon cœur a roulé hors de ma cage thoracique pour atterrir dans un parterre de fleurs. Le sang pulsait hors de ma plaie béante,

hors de mes yeux,
de mes oreilles,
de ma bouche.

Un goût de sel et d'échec. La honte vive et écarlate du rejet imprégnait la pelouse, les dalles de l'allée, les marches du porche. Mon cœur convulsait au milieu des pivoines comme une truite hors de l'eau.

D'un ton sec, maman m'a ordonné de me ressaisir.

Sois normale, a-t-elle déclaré. Immédiatement.

Parce que tu l'es. Parce que tu peux l'être.

Pas de scandale, m'a-t-elle ordonné. Respire un bon coup et redresse-toi.

J'ai obéi.

Elle était tout ce qui me restait, désormais.

Maman et moi avons relevé bien haut nos mentons carrés tandis que la voiture de papa descendait la colline. Puis nous sommes rentrées dans la maison et nous avons détruit tous les cadeaux qu'il nous avait faits : bijoux, vêtements, livres, tout. Les jours suivants, nous nous sommes débarrassées du canapé et des fauteuils qu'ils avaient achetés ensemble. Nous avons jeté le service en porcelaine de leur mariage, l'argenterie et les photos.

Nous avons changé tout le mobilier. Engagé un décorateur d'intérieur. Commandé des couverts en argent chez Tiffany. Passé une journée à faire les galeries d'art et acheté de nouveaux tableaux pour combler les places vides sur les murs.

Nous avons demandé à l'avocat de grand-père de protéger l'intégrité des biens de maman.

Nous avons fait nos bagages et nous sommes parties pour Beechwood Island.

3

Penny, Carrie et Bess sont les trois filles de Tipper et Harris Sinclair. Harris a hérité d'une fortune familiale le jour de ses vingt et un ans, alors qu'il sortait de Harvard, et il a prospéré dans les affaires – lesquelles ? Je ne me suis jamais posé la question. Il s'est retrouvé en possession de terrains et de propriétés. Il a eu du flair en Bourse. Il a épousé Tipper et l'a confinée dans sa cuisine et son jardin. Il l'exhibait dans ses parures de perles, sur de beaux voiliers. Elle semblait ravie de ce rôle.

Le seul échec de grand-père fut de ne pas avoir de fils, mais peu importe. Les filles Sinclair étaient bénies et tannées par le soleil. Grandes, joyeuses et riches, c'étaient des princesses de conte de fées. Réputées dans tout Boston, jusqu'à Harvard Yard et Martha's Vineyard pour leurs cardigans en cachemire et leurs fêtes somptueuses. Elles étaient faites pour entrer dans la légende. Faites pour séduire des princes, accéder aux meilleures universités, collectionner les statues en ivoire et les grandes villas.

Grand-père Harris et mamie Tipper aimaient tant leurs trois filles qu'ils auraient été bien en peine de choisir laquelle était leur préférée. Ce fut d'abord Carrie, puis Penny, puis Bess, puis à nouveau Carrie. Il y eut des cérémonies de mariage grandioses avec saumon fumé et concerts de harpe, avant l'arrivée de petits-enfants blonds comme les blés et d'adorables chiens aux poils clairs. On n'aurait pu trouver de parents plus fiers de leurs splendides filles américaines que Tipper et Harris, à l'époque.

Ils firent construire trois nouvelles demeures sur leur île privée aux rivages escarpés et leur attribuèrent chacune un nom : Windemere pour Penny, Red Gate pour Carrie et Cuddledown pour Bess.

Je suis l'aînée des petits-enfants Sinclair. L'héritière de l'île, de la fortune et des attentes familiales.

Enfin, peut-être.

4

Moi, Johnny, Mirren et Gat. Gat, Mirren, Johnny et moi.

Notre famille nous a surnommés les Menteurs, et c'est sans doute bien mérité. Nous avons à peu près le même âge et nos anniversaires tombent tous à l'automne. Chaque été ou presque passé ensemble sur l'île, nous y avons semé la pagaille.

Gat a commencé à venir à Beechwood l'année de nos huit ans – autrement dit, à l'été huit.

Avant, Mirren, Johnny et moi n'étions pas les Menteurs. Nous étions de simples cousins et Johnny était insupportable parce qu'il n'aimait pas jouer avec les filles.

Johnny est la vitalité, la persévérance et le sarcasme. À l'époque, il pendait nos Barbie par le cou et nous tirait dessus avec des pistolets en Lego.

Mirren est le sucre, la curiosité et la pluie. À l'époque, elle passait de longs après-midi sur la grande plage avec Taft et les jumelles pendant que je dessinais sur du papier quadrillé et que je bouquinais dans le hamac sur la véranda de la maison Clairmont.

Puis Gat est venu passer les vacances d'été avec nous.

Tante Carrie avait été quittée par son mari alors qu'elle était enceinte de Will, le petit frère de Johnny. J'ignore ce qui s'est passé. La famille n'en parle jamais. À l'été huit, Will était un nourrisson et Carrie s'était déjà remise en couple avec Ed.

L'Ed en question était marchand de tableaux, et il adorait les enfants. C'est tout ce que nous savions de lui quand Carrie a annoncé qu'il l'accompagnerait à Beechwood avec Johnny et le bébé.

Ils furent les derniers à arriver cet été-là, et la plupart d'entre nous étions rassemblés sur le ponton à les attendre. Grand-père m'a soulevée pour que je puisse faire coucou à Johnny, qui portait un gilet de sauvetage orange et lançait des cris sauvages à l'avant du bateau.

Mamie Tipper se tenait à côté de nous. Elle s'est détournée quelques instants, a plongé sa main dans sa poche et en a sorti une pastille rafraîchissante de couleur blanche qu'elle a dépiautée et glissée dans sa bouche.

Lorsqu'elle s'est à nouveau tournée vers le bateau, son expression a changé. J'ai plissé les yeux pour voir ce qu'elle avait vu.

Carrie est descendue du bateau avec bébé Will sur sa hanche. Il n'était guère plus qu'une touffe de cheveux blonds dépassant de son minuscule gilet de sauvetage jaune. Des cris de joie ont fusé à son apparition. Ce gilet, que nous avions tous porté à son âge. Ses cheveux. Quelle merveille que ce petit bonhomme que nous connaissions à peine soit déjà si ostensiblement un Sinclair.

Johnny a sauté du bateau et jeté son gilet orange sur le ponton. Son premier réflexe a été de courir vers Mirren pour lui flanquer un coup de pied. Puis à moi. Puis aux jumelles. Avant de s'avancer vers nos grands-parents et de se tenir bien droit pour leur déclarer :

– Heureux de vous revoir, grand-père et mamie. Je me réjouis du bel été que nous allons passer ensemble.

Tipper l'a serré dans ses bras.

– C'est ta mère qui t'a demandé de dire ça, n'est-ce pas ?

– Oui, dit Johnny. Et je dois vous dire aussi : quelle joie de vous revoir.

– Gentil garçon.

– Je peux y aller, maintenant ?

Tipper a embrassé sa joue parsemée de taches de rousseur.

– Allez, ouste.

Ed est descendu en dernier, après avoir aidé le personnel à décharger les bagages. Il était grand et mince. Sa peau foncée – héritée de ses ancêtres indiens, apprendrions-nous par la suite. Il portait des lunettes à monture noire et arborait le look du parfait citadin à la mode : costume en lin et chemise rayée. Son pantalon était un peu froissé par le voyage.

Grand-père m'a reposée à terre.

Mamie Tipper gardait les lèvres pincées. Elle a fini par dévoiler ses dents et s'est avancée.

– Vous devez être Ed. Quelle délicieuse surprise.

Il lui a serré la main.

– Carrie ne vous avait pas informée de ma venue ?

– Si, bien sûr.

Ed a contemplé notre famille blanche, si blanche. Puis s'est tourné vers Carrie.

– Où est passé Gat ?

Ils l'ont appelé. Gat est remonté depuis l'intérieur du bateau et a entrepris d'ôter son gilet de sauvetage, les yeux baissés pour défaire les boucles.

– Papa, maman, a déclaré Carrie, nous avons emmené le neveu d'Ed pour qu'il tienne compagnie à Johnny. Je vous présente Gat Patil.

Grand-père lui a tapoté le sommet du crâne.

– Bonjour, jeune homme.

– Bonjour.

– Son père est décédé cette année, a expliqué Carrie. Johnny et lui sont les meilleurs amis du monde. C'est aussi une façon de soulager la sœur d'Ed pendant quelques semaines. Gat ? Tu vas pouvoir pique-niquer et profiter de la plage comme nous en avons parlé, OK ?

Mais Gat ne lui a pas répondu. Il était trop occupé à me regarder.

Il avait un nez impressionnant, une bouche tendre. La peau brun foncé, les cheveux noirs et ondulés. Le corps vibrant d'énergie. Gat semblait monté sur ressorts. Comme s'il était en quête de quelque chose. Il incarnait la contemplation et l'enthousiasme. L'ambition et le café noir. J'aurais pu le regarder jusqu'à la fin des temps.

Nos regards étaient aimantés l'un à l'autre.

J'ai tourné les talons, et j'ai filé.

Gat m'a suivie. J'entendais le bruit de ses pas résonner derrière moi sur la promenade en bois qui serpentait à travers l'île.

Je n'ai pas ralenti. Lui non plus.

Johnny s'est élancé derrière lui. Et Mirren derrière Johnny.

Les adultes étaient restés discuter sur le ponton, formant un cercle poli autour d'Ed et gazouillant avec bébé Will. Les petits faisaient leurs trucs habituels de petits.

On s'est retrouvés tous les quatre sur la petite plage en contrebas de la maison Cuddledown. Une minuscule étendue de sable flanquée de hauts rochers. Personne ou presque ne l'utilisait, en ce temps-là. Sur la grande plage, le sable était plus fin et il y avait moins d'algues.

Mirren s'est déchaussée, et on l'a tous imitée. On a jeté des cailloux dans l'eau. Notre petit groupe s'est mis à exister, tout simplement.

J'ai inscrit nos prénoms dans le sable.

Cadence, Mirren, Johnny et Gat.

Gat, Johnny, Mirren et Cadence.

C'est comme ça que tout a commencé pour nous.

Johnny a insisté pour que Gat prolonge son séjour sur l'île.

Son vœu a été exaucé.

L'année suivante, il a voulu qu'il reste pendant toute la durée des vacances.

Johnny était leur premier petit-fils. Mes grands-parents ne lui refusaient presque jamais rien.

5

À l'été quatorze, Gat et moi avons pris seuls le plus petit des bateaux à moteur. C'était juste après le petit déjeuner. Bess avait emmené Mirren jouer au tennis avec Taft et les jumelles. Johnny, qui s'était lancé dans la course à pied cette année-là, enchaînait les tours de l'île sur le chemin circulaire. Gat m'a trouvée dans la cuisine de Clairmont et m'a demandé si j'avais envie d'une balade en mer.

– Pas vraiment.

J'avais surtout envie de retourner me coucher avec mon livre.

– S'il te plaît ?

Ces mots étaient extrêmement rares dans sa bouche.

– Va te balader tout seul.

– Je ne me sens pas d'emprunter le bateau, a-t-il rétorqué. Ça ne serait pas correct.

– Bien sûr que si.

– Pas sans l'un d'entre vous.

C'était ridicule.

– Où est-ce que tu veux aller ? lui ai-je demandé.

– J'ai juste envie de m'éloigner un peu. Parfois, j'étouffe sur cette île.

J'étais loin de comprendre, à l'époque, ce qu'il trouvait si étouffant, mais j'ai accepté. On a filé vers le large avec nos coupe-vent par-dessus nos maillots de bain. Au bout d'un moment, Gat a coupé le moteur. On a grignoté des pistaches en respirant le bon air marin. Le soleil faisait scintiller la surface de la mer.

– Allons-y, ai-je déclaré.

Gat a sauté le premier. Je l'ai suivi. L'eau était tellement plus froide qu'au bord de la plage que le choc thermique nous a coupé le souffle. Le soleil a disparu derrière un nuage. On a été pris d'un petit rire nerveux et on s'est écriés que c'était l'idée la plus stupide qu'on avait jamais eue. Qu'est-ce qui nous était passé par la tête ? Il y avait des requins au large, tout le monde le savait !

– Ne me parle pas de requins, t'es dingue !

On s'est chamaillés dans l'eau pour grimper l'échelle et remonter en premier à l'arrière du bateau.

Au bout d'un moment, Gat a fini par s'écarter pour me laisser passer.

– Pas parce que t'es une fille, mais parce que je suis un type bien, a-t-il précisé.

– Merci.

Je lui ai tiré la langue.

– Mais si un requin vient m'arracher les jambes, promets-moi de faire un discours à mon enterrement pour dire à quel point j'étais cool.

– Promis. Gatwick Matthew Patil faisait trop bien la cuisine.

On trouvait ça hilarant d'avoir aussi froid. On n'avait même pas prévu de serviettes. On s'est pelotonnés sous une couverture en polaire trouvée par hasard dans le caisson sous nos sièges, nos épaules nues pressées l'une contre l'autre. Nos pieds glacés, entrelacés.

– C'est juste pour qu'on ne meure pas d'hypothermie, a déclaré Gat. T'imagine pas que je te trouve mignonne ou quoi.

– Je ne me fais aucune illusion.

– Tu prends toute la couverture.

– Désolée.

Silence.

Il a repris la parole :

– Je te trouve très mignonne, Cady. Je ne voulais pas dire ça. Et d'ailleurs, depuis quand t'es devenue jolie ? C'est très perturbant, tu sais.

– J'ai toujours la même tête qu'avant.

– Tu as changé pendant l'année scolaire. Ça fout en l'air toute ma stratégie.

– Parce que tu as une stratégie ?

Il a acquiescé d'un air grave.

– Jamais rien entendu d'aussi débile. Et c'est quoi, cette stratégie ?

– Rien ne transperce jamais mon armure. Tu n'avais pas remarqué ?

Sa réponse m'a fait rire.

– Ben non.

– Zut. Et moi qui croyais que ça marchait.

On a parlé d'autre chose. D'emmener les petits au cinéma d'Edgartown dans l'après-midi. Du fait de savoir si les requins mangeaient vraiment les humains ou non. De *Plantes contre zombies*.

Puis on a remis le cap sur l'île.

Après cet épisode, Gat a commencé à me prêter ses livres et à venir me retrouver sur la petite plage en début de soirée. Ou bien à me chercher quand j'étais étendue sur la pelouse de Windemere avec mes chiens.

On s'est mis à se balader ensemble sur le petit sentier qui longeait la côte, lui devant et moi derrière. On parlait bouquins, on s'inventait des mondes imaginaires. Parfois, il nous arrivait de faire plusieurs fois le tour de l'île avant de sentir pointer la faim ou l'ennui.

Des rosiers du Japon bordaient la promenade. Leurs pétales mauves dégageaient un léger parfum sucré.

Un jour que j'observais Gat en train de lire dans le hamac de Clairmont, j'ai eu la sensation... comment dire... qu'il m'appartenait. Qu'il était fait pour moi.

Sans bruit, je me suis glissée dans le hamac, à côté de lui. Je lui ai pris le stylo qu'il tenait entre ses doigts – il ne lisait jamais sans –, puis j'ai écrit *Gat* sur sa main gauche et *Cadence* sur la droite.

Il m'a repris le stylo. Il a écrit *Gat* sur ma main gauche, et *Cadence* sur la droite.

Je ne dis pas que c'était le destin. Je n'y crois pas, de toute manière. Pas plus qu'aux âmes sœurs ni aux délires surnaturels.

Je dis juste qu'on se comprenait, lui et moi. On était sur la même longueur d'ondes.

Mais on n'avait que quatorze ans. Je n'avais jamais embrassé de garçon – même si j'en embrasserais plus d'un au cours de l'année scolaire à venir – et il ne nous serait pas venu à l'esprit d'appeler ça de l'amour.

6

À l'été quinze, je suis arrivée une semaine après tout le monde. Papa venait de nous quitter et maman et moi avions eu des tonnes de trucs à régler, sans parler des rendez-vous avec le décorateur d'intérieur et tout le reste.

Johnny et Mirren nous ont accueillies sur le ponton, les joues roses et la tête remplie de projets pour les vacances. Ils organisaient un tournoi de tennis familial et avaient compilé toutes sortes de recettes de crème glacée. On ferait des balades en bateau, des feux de camp.

Les petits ont accouru en poussant des cris, comme d'habitude. Les tantes arboraient des sourires figés. Après le tohubohu des retrouvailles, tout le monde s'est retrouvé à Clairmont pour l'apéritif.

J'ai filé directement à la maison Red Gate, à la recherche de Gat. Red Gate est bien plus petite que Clairmont, mais elle dispose de quatre chambres à coucher au dernier étage. C'est ici que Johnny, Gat et Will passaient les vacances avec tante Carrie – et aussi Ed, lorsqu'il venait, ce qui n'arrivait pas souvent.

Je suis allée à la porte de la cuisine et j'ai regardé à travers la moustiquaire. Gat ne m'a pas vue. Il se tenait debout près du plan de travail, en jean et tee-shirt gris élimé. Ses épaules étaient plus larges que dans mon souvenir.

Il était en train de détacher une fleur séchée suspendue à l'envers par un ruban à la fenêtre au-dessus de l'évier. C'était une rose du Japon, aux pétales mauves et un peu froissés, cueillie probablement sur le pourtour de l'île.

Gat, mon Gat. Il m'avait cueilli une rose le long de notre promenade préférée. Il l'avait mise à l'envers pour la faire sécher et attendu mon arrivée pour me la donner.

J'avais embrassé deux ou trois garçons pendant l'année, déjà oubliés.

J'avais perdu mon père.

J'avais laissé derrière moi une maison remplie de larmes et de mensonges

et quand j'ai aperçu Gat

avec sa rose à la main

à cet instant précis, avec le soleil qui entrait par la fenêtre,

les pommes sur le comptoir de la cuisine,

l'odeur du bois et de l'océan tout autour,

j'ai compris que ça s'appelait l'amour.

Oui, c'était de l'amour. Et cette évidence s'est imposée à moi avec une telle force que j'ai dû m'appuyer contre la porte-moustiquaire qui se dressait encore entre nous, juste pour ne pas totalement vaciller. J'avais envie de le toucher comme un chaton, un lapin, une petite chose douce et adorable qu'on ne peut pas s'empêcher de caresser. L'univers était doux parce que Gat y était. J'aimais le trou à son jean et la saleté de ses pieds nus et la croûte à son coude et la cicatrice qui lui barrait le sourcil. Gat, mon Gat.

Sous mes yeux, il a glissé la rose dans une enveloppe. Il a cherché un stylo, ouvrant et refermant avec fracas les tiroirs pour finalement en trouver un dans sa poche, et il s'est mis à écrire quelque chose.

J'ai seulement compris qu'il rédigeait une adresse lorsqu'il a sorti un carnet de timbres.

Gat a affranchi l'enveloppe. Puis ajouté l'adresse de l'expéditeur.

Ce courrier ne m'était pas destiné.

J'ai quitté la porte de Red Gate sans qu'il me voie et j'ai couru jusqu'au sentier circulaire. J'ai regardé le soleil décliner, seule.

J'ai arraché toutes les fleurs d'un malheureux rosier et les ai jetées, une à une, dans la mer déchaînée.

7

Ce soir-là, Johnny m'a parlé de la copine new-yorkaise de Gat. Une certaine Raquel. Il l'avait même rencontrée. Johnny vit à New York, comme Gat, mais dans le bas de Manhattan avec Carrie et Ed, tandis que Gat habite dans le haut de Manhattan avec sa mère. Il m'a expliqué que Raquel faisait de la danse moderne et s'habillait tout en noir.

Le frère de Mirren, Taft, m'a appris que Raquel avait envoyé à Gat un colis contenant des brownies faits maison. Liberty et Bonnie m'ont confié qu'il avait des photos d'elle sur son téléphone.

Gat n'a pas parlé d'elle, mais il avait du mal à croiser mon regard.

Ce premier soir, j'ai pleuré, mordu mes doigts et bu du vin chipé dans la réserve de Clairmont. J'ai tournoyé violemment dans le ciel, folle de rage, j'ai cogné les étoiles pour les décrocher, titubante et le cœur au bord des lèvres.

J'ai tapé du poing contre le mur de la douche. J'ai lavé ma honte et ma colère à l'eau glacée. Puis j'ai grelotté dans mon lit comme le clébard abandonné que j'étais, tremblante comme un sac d'os.

Le lendemain matin, et chacun des jours qui ont suivi, je me suis comportée normalement. J'ai relevé bien haut mon menton carré.

Nous avons fait du bateau et allumé des feux de joie. J'ai gagné le tournoi de tennis.

Nous avons préparé des litres de crème glacée et bronzé au soleil.

Un soir, nous avons pique-niqué tous les quatre sur la petite plage. Palourdes à la vapeur, pommes de terre et épis de maïs au four, le tout préparé par les domestiques. Je ne connaissais même pas leurs prénoms.

Johnny et Mirren ont apporté la nourriture dans de grands plats métalliques. Nous avons mangé autour du feu de camp, le beurre dégoulinait sur le sable. Gat a confectionné des sandwichs à trois étages pour tout le monde. J'ai observé ses mains à la lueur des flammes tandis qu'il embrochait des Chamallows sur une tige. Là où on avait autrefois inscrit nos prénoms, il notait désormais les titres des livres qu'il avait envie de lire.

Ce soir-là, sur sa main gauche : *L'Être et*. Sur la droite : *le Néant*.

J'avais des graffitis sur les mains, moi aussi. Une citation qui me plaisait particulièrement. À gauche : *Carpe*. À droite : *Diem*.

– Vous voulez savoir à quoi je pense ? nous a-t-il demandé.

– Oui, ai-je répondu.

– Non, a dit Johnny.

– Je me demande comment il est possible d'affirmer que votre grand-père possède cette île. Pas au sens légal, mais concrètement.

– Pitié, ne recommence pas avec la cruauté des premiers colons, a gémi Johnny.

– Non. Ce que je voudrais savoir, c'est comment peut-on affirmer qu'un endroit appartient à qui que ce soit ?

Tout en prononçant ces mots, Gat a désigné le sable, l'océan, le ciel.

Mirren a haussé les épaules.

– Les gens achètent et revendent des terrains sans arrêt.

– On ne pourrait pas parler plutôt de sexe ou de meurtres ? a lancé Johnny.

Gat l'a ignoré.

– Peut-être la terre n'appartient-elle à personne. Ou peut-être devrait-il y avoir des limites à ce qu'on peut posséder. (Il s'est penché en avant.) Quand je suis allé en Inde cet hiver comme travailleur bénévole, on a construit des toilettes. Pourquoi ? Parce que les gens de là-bas, dans ce village-là, n'en avaient même pas.

– C'est bon, on sait que t'es allé en Inde, a soupiré Johnny. Tu nous l'as juste raconté quarante-sept fois.

Voilà un trait de caractère que j'adore chez Gat : il a un tel enthousiasme, une telle curiosité inlassable pour le monde qui l'entoure, qu'il a du mal à concevoir que ses histoires puissent ennuyer les gens. Même lorsqu'ils le lui disent franchement. L'autre truc, c'est qu'il ne lâche pas facilement son auditoire. Il tient à nous faire réfléchir – même quand on n'en a pas envie.

Il a tendu une brindille vers les flammes.

– Je dis juste qu'on devrait en parler. Tout le monde ne possède pas une île privée. Certains y travaillent. Certains bossent dans des usines. Certains n'ont pas de boulot. D'autres n'ont rien à manger.

– Arrête ça, immédiatement, a ordonné Mirren.

– Arrête ça, éternellement, a renchéri Johnny.

– On a une vision biaisée de l'humanité sur Beechwood, a déclaré Gat. Je crois que vous ne vous en rendez pas compte.

– Tais-toi, lui ai-je lancé. Sinon, plus de chocolat.

Et il a fait silence, mais son visage s'est crispé. Il s'est levé brusquement, a ramassé un caillou sur la plage et l'a jeté au loin de toutes ses forces. Il a enlevé son sweat-shirt et envoyé valser ses chaussures. Puis il est entré dans l'eau en jean.

Et en colère.

J'ai regardé les muscles de ses épaules au clair de lune, les gerbes d'écume jaillissant à chacun de ses pas. Il a plongé brusquement, et j'ai pensé : Si je ne le rejoins pas tout de suite, c'est Raquel qui aura gagné. Si je ne le rejoins pas tout de suite, il s'en ira. Loin des Menteurs, loin de cette île, loin de notre famille et loin de moi.

J'ai enlevé mon pull et j'ai suivi Gat dans l'océan, ma robe encore sur le dos. Je me suis jetée dans l'eau et j'ai nagé jusqu'à l'endroit où il faisait la planche. Ses cheveux mouillés, rejetés en arrière, mettaient en valeur la cicatrice de son arcade sourcilière.

Je lui ai pris le bras.

– Gat.

Il a sursauté. S'est remis debout, de l'eau jusqu'à la taille.

– Désolée, ai-je murmuré.

– Je ne t'ai jamais ordonné de te taire, Cady. Je n'ai jamais employé ces mots-là avec toi.

– Je sais.

Il a gardé le silence.

– Ne te tais pas, je t'en prie.

Je sentais son regard posé sur mon corps à travers ma robe mouillée.

– Je parle trop, a-t-il déclaré. Je mets de la politique partout.

– J'aime quand tu parles, lui ai-je rétorqué.

Parce que c'était la vérité. Quand je m'arrêtais pour l'écouter, j'aimais ce que j'entendais.

– C'est juste que tout me rend... (Il a cherché ses mots.) Le monde va de travers, voilà.

– C'est clair.

– Je devrais peut-être... (il a pris mes mains et les a retournées pour lire ce que j'avais marqué dessus) ... vivre au jour le jour, *carpe diem*, et arrêter de m'agiter comme ça.

Ma main était dans la sienne.

J'ai frissonné. Ses bras étaient nus, mouillés. On se tenait tout le temps par la main, avant, mais il ne m'avait pas encore touchée depuis mon arrivée.

– Tu as raison d'avoir ton regard à toi sur le monde, lui ai-je dit.

Il m'a lâchée et a refait la planche.

– Johnny ne veut plus que je parle. Mirren et toi, vous me trouvez ennuyeux.

J'ai regardé son profil. Il n'était pas seulement Gat. Il était la contemplation et l'enthousiasme. L'ambition et le café noir.

Tout ce qui se cachait là, derrière ses yeux bruns, sa peau veloutée, sa lèvre inférieure charnue… C'était de l'énergie pure, prête à jaillir.

– Je vais te confier un secret, lui ai-je chuchoté.

– Lequel ?

J'ai de nouveau posé ma main sur son bras. Il n'a pas bougé.

– Quand on dit « tais-toi, Gat », ça ne signifie pas du tout ce que tu crois.

– Ah, bon ?

– Non. Ça signifie qu'on t'aime. Que tu nous rappelles à quel point on est tous de sales égoïstes. Que tu n'es pas comme nous, au bon sens du terme.

Il a baissé les yeux. Souri.

– C'est ce que tu penses aussi, Cady ?

– Oui.

J'ai laissé mes doigts courir le long de ses bras en croix à la surface.

– Comment vous faites pour vous baigner là-dedans ?

Johnny s'était aventuré dans l'eau jusqu'aux chevilles, le bas de son jean retroussé.

– C'est l'Arctique. J'ai les orteils gelés !

– Une fois qu'on est dedans, c'est génial ! lui a lancé Gat.

– Sérieux ?

– Te dégonfle pas ! Sois un homme et affronte cette débile de mer !

Johnny a éclaté de rire, et il a foncé. Bientôt imité par Mirren.

Et c'était… merveilleux.

La nuit immense au-dessus de nous. Le murmure de l'océan. Les cris des mouettes.

8

Cette nuit-là, j'ai eu du mal à dormir.

Peu après minuit, je l'ai entendu appeler mon prénom.

J'ai regardé par la fenêtre. Gat était allongé sur le dos, au milieu de la promenade en bois menant vers la maison. Les golden retrievers s'étaient couchés près de lui, tous les cinq au grand complet : Bosh, Grendel, Poppy, Prince Philip et Fatima. Leurs queues frappaient délicatement le sol.

Le clair de lune les baignait d'une lueur bleutée.

– Descends, m'a-t-il lancé.

C'est ce que j'ai fait.

Maman avait éteint la lumière dans sa chambre. Le reste de l'île était plongé dans la pénombre. Hormis la présence des chiens, nous étions seuls.

– Pousse-toi, lui ai-je ordonné.

La promenade n'était pas très large. Une fois allongés côte à côte, nos bras se touchaient, le mien nu et le sien dans la manche vert kaki de sa veste de chasse.

Nous avons contemplé le ciel. Il y avait tant d'étoiles. On aurait dit une célébration, comme une fête secrète organisée par la galaxie après que les humains étaient enfin partis se coucher.

J'étais soulagée qu'il n'essaie pas d'étaler sa science à propos des constellations. Ou qu'il ne fasse pas de remarques désagréables sur les gens qui aiment faire des vœux en voyant des étoiles filantes. Mais je ne savais pas non plus comment interpréter son silence.

– Je peux te prendre la main ? m'a-t-il demandé.

J'ai devancé son désir.

– L'univers m'a l'air tellement grand, tout à coup, que j'ai besoin de me raccrocher à quelque chose, a-t-il ajouté.

– Je suis là.

Son pouce caressait le creux de ma paume. Mon système nerveux tout entier était focalisé sur ce point précis, sensible au moindre mouvement de sa peau contre la mienne.

– Je ne suis pas sûr d'être quelqu'un de bien, a-t-il fini par déclarer.

– Moi non plus. Je fais semblant.

– Ouais.

Il a gardé le silence un moment.

– Tu crois en Dieu ?

– À moitié.

J'ai essayé de réfléchir sérieusement à la question. Je savais que Gat ne se contenterait pas d'une réponse évasive.

– Quand ça va mal, je prie. Ou bien j'imagine que quelqu'un m'écoute et veille sur moi. Quand mon père est parti, par exemple, j'ai pensé à Dieu pendant les premiers jours. Pour me sentir protégée. Mais le reste du temps, je me débrouille par moi-même. Je ne suis pas du tout portée sur la spiritualité.

– Moi, je n'y crois plus, a-t-il répondu. Mon voyage en Inde, toute cette pauvreté... Je n'imagine aucun dieu pouvant laisser faire une chose pareille. Quand je suis rentré, j'ai commencé à remarquer ce qui se passait dans les rues de New York. Des gens malades, sans rien à manger, dans l'une des villes les plus riches du monde. Je... je ne peux pas croire que quelqu'un veille sur ces gens. Ce qui signifie que personne ne veille sur moi non plus.

– Ça ne fait pas de toi une mauvaise personne pour autant.

– Ma mère est croyante. Elle a été élevée par des bouddhistes, mais elle fréquente une église méthodiste. Elle s'arrache un peu les cheveux avec moi.

Gat parlait rarement de sa mère.

– Tu ne peux quand même pas croire en Dieu sous prétexte qu'elle te le demande.

– Non. La question, c'est plutôt : comment être quelqu'un de bien quand on ne croit plus en tout ça ?

Nous avons longuement fixé le ciel. Les chiens sont rentrés à Windemere en passant par la chatière conçue spécialement à leur taille.

– Tu as froid, a constaté Gat. Prends ça.

Je n'avais pas froid, mais je me suis rassise. Lui aussi. Il a déboutonné sa veste et me l'a tendue.

Elle était encore toute tiède de la chaleur de son corps. Bien trop large au niveau des épaules. Le pauvre avait les bras nus, à présent.

J'avais envie de les lui embrasser, maintenant que je portais sa veste. Mais je me suis retenue.

Peut-être aimait-il Raquel. Ces photos sur son téléphone. Cette rose séchée dans une enveloppe.

9

Au petit déjeuner le lendemain matin, maman m'a demandé d'aller voir les affaires de papa au grenier et de prendre ce qui m'intéressait. Elle se débarrasserait du reste.

Windemere est une maison à pignons, tout en angles. Deux de ses cinq chambres à coucher sont directement sous les toits, et c'est la seule des villas de l'île à posséder un vrai grenier. Elle est également dotée d'un large porche et d'une cuisine moderne, agrémentée de plans de travail en marbre qui détonnent un peu avec le reste. Les pièces sont spacieuses, toujours envahies de chiens.

Gat et moi sommes montés au grenier avec des bouteilles de thé glacé et nous sommes assis à même le sol. Il flottait une odeur de bois. Un carré de lumière brillait à travers la vitre.

Nous étions déjà allés dans ce grenier.

Et nous n'y étions jamais allés.

Il y avait là des tonnes de livres que papa avait lus pendant ses vacances. Des biographies de sportifs, de bons petits romans policiers et des révélations croustillantes sur les rock stars écrites par de vieux types dont je n'avais jamais entendu parler. Gat ne s'intéressait pas vraiment à tout ça. Il s'est amusé à trier les livres par couleur : une pile rouge, une bleue, une blanche, une marron, une jaune.

– Tu n'as rien envie de lire ? lui ai-je demandé.

– Si, peut-être.

– Pourquoi pas *Mémoires d'un amoureux de la batte ?*

Ça l'a fait rire, mais il a quand même dit non de la tête et réarrangé sa pile de livres bleus.

– *Histoire d'un mauvais garçon* ? *Le Héros du dance-floor* ?

Il s'est esclaffé de nouveau. Puis est redevenu sérieux.

– Cadence ?

– Quoi ?

– Tais-toi.

Je me suis laissée aller à l'observer. Chacune des courbes de son visage m'était familière et, en même temps, c'était comme si je le contemplais pour la première fois.

Il a souri. Lumineux. Timide. Il s'est remis à genoux, envoyant valser ses belles piles de livres au passage. Il a tendu la main et m'a ébouriffé les cheveux.

– Je t'aime, Cady. C'est la vérité.

Je me suis penchée pour l'embrasser.

Il a touché mon visage. Effleuré mon cou, mes clavicules. Nous étions baignés par la flaque de lumière qui passait à travers la vitre. Notre baiser était à la fois électrique et tendre,

hésitant et sûr de lui,

terrifiant et parfait.

Je sentais l'amour jaillir de moi vers lui et de lui vers moi.

Nous étions chauds et grelottants,

jeunes et vieux,

mais surtout vivants.

C'est vrai, ai-je pensé. On s'aime déjà.

C'est déjà de l'amour.

10

Grand-père nous a surpris en faisant irruption dans le grenier. Gat a bondi et trébuché maladroitement sur les livres qui s'étaient éparpillés un peu partout sur le sol.

– Je dérange, a dit grand-père.

– Non, je vous assure.

– Mais si, je le vois bien.

– Désolée pour la poussière, ai-je déclaré.

Bizarre de dire ça.

– Penny pense que je trouverai peut-être mon bonheur parmi ces livres.

Grand-père a tiré un vieux fauteuil en osier au milieu de la pièce et s'est assis, penché en avant pour lire les couvertures.

Gat est resté debout. Il devait incliner la tête pour tenir sous le toit en pente.

– Prends garde à toi, jeune homme, lui a soudain lancé grand-père d'un ton sec.

– Je vous demande pardon ?

– À ta caboche, là-haut. Tu pourrais te faire mal.

– Vous avez raison, a répondu Gat. Absolument. Je risque de me cogner.

– Alors, prends garde à toi, a répété grand-père.

Gat a tourné les talons et a redescendu l'escalier sans un mot.

Grand-père et moi sommes restés assis en silence pendant un moment.

– Il adore lire, ai-je fini par expliquer. Je me suis dit qu'il aimerait récupérer certains des livres de mon père.

– Je tiens beaucoup à toi, Cady, a-t-il répondu en me tapotant l'épaule. Tu es l'aînée de mes petits-enfants.

– Je t'aime moi aussi, grand-père.

– Tu te souviens de la fois où je t'ai emmenée voir un match de base-ball ? Tu n'avais que quatre ans.

– Ça oui.

– Tu n'avais jamais mangé de pop-corn à la cacahuète.

– Je sais. Tu en avais acheté deux boîtes.

– J'ai dû t'asseoir sur mes genoux pour que tu puisses y voir quelque chose. Tu t'en souviens, Cady ?

Je m'en souvenais parfaitement.

– Raconte-moi.

Je savais ce que grand-père attendait de moi. C'était une requête fréquente de sa part. Il adorait revivre les grands moments de l'histoire des Sinclair et amplifier leur importance. Il nous demandait constamment ce que tel ou tel souvenir évoquait pour nous, et nous étions censés lui apporter une réponse détaillée. Avec des images précises. Voire une morale à la fin.

D'habitude, j'adorais raconter et réentendre ces histoires. La légende des Sinclair, la vie merveilleuse qui était la nôtre, qu'est-ce qu'on était beaux. Mais ce jour-là, je n'étais pas d'humeur.

– C'était ton premier match de base-ball, a insisté grand-père. Après, je t'ai acheté une batte en plastique rouge. Tu t'entraînais sur notre pelouse à Boston.

Grand-père était-il conscient de ce qu'il avait interrompu en entrant dans le grenier ? Serait-il contrarié s'il le savait ?

Quand reverrais-je Gat ?

Allait-il rompre avec Raquel ?

Que se passerait-il entre nous ?

– Tu as voulu faire du pop-corn aux cacahuètes à la maison, a poursuivi grand-père alors que je connaissais déjà l'histoire par cœur. Et Penny t'a aidée. Mais tu as pleuré parce qu'il n'y avait pas de petites boîtes rouge et blanc pour l'emballer. Tu te souviens ?

– Oui, grand-père. (J'ai fini par céder.) Tu es retourné au stade le jour même pour me racheter deux paquets de pop-corn. Tu les as mangés dans la voiture pour me donner les boîtes vides. Je m'en souviens.

Satisfait, il s'est levé et nous avons quitté le grenier ensemble. Grand-père vacillait un peu en descendant les marches, si bien qu'il a mis sa main sur mon épaule.

J'ai trouvé Gat sur le sentier circulaire et couru à sa rencontre. Il avait le regard tourné vers l'océan. Le vent soufflait fort, j'avais les cheveux dans les yeux. Quand je l'ai embrassé, ses lèvres avaient un goût de sel.

11

Mamie Tipper est morte d'une crise cardiaque à Beechwood Island, huit mois avant l'été quinze. Elle était d'une beauté à couper le souffle, même à son grand âge. Nuage de cheveux blancs, joues roses, silhouette élancée et anguleuse. C'est elle qui a transmis à ma mère son amour des chiens. Elle en avait toujours au moins deux, parfois quatre golden retrievers quand ses filles étaient petites, et ce jusqu'à sa mort.

Elle était prompte à juger les autres et elle avait ses chouchous, mais c'était aussi un cœur tendre. Petits, lorsqu'on se réveillait de bonne heure à Beechwood, on avait le droit d'aller à Clairmont pour la réveiller. Elle gardait toujours de la pâte à muffin au réfrigérateur et la versait dans de petits moules, puis nous laissait manger autant de muffins bien chauds qu'on voulait avant que le reste de l'île se réveille. Elle nous emmenait cueillir des baies et nous aidait ensuite à confectionner des tartes ou une pâtisserie de son invention qu'elle avait surnommé la Gadoue, qu'on dégustait en dessert le soir même.

Parmi ses nombreux engagements caritatifs, elle organisait chaque année un gala de bienfaisance pour le Farm Institute à Martha's Vineyard. On y allait tous. C'était en plein air, sous de superbes vélums blancs. Les petits couraient sur la pelouse, pieds nus dans leurs beaux habits. Johnny, Mirren, Gat et moi sirotions des verres de vin en douce et nous retrouvions pompettes à ricaner bêtement. Mamie dansait avec Johnny, puis avec mon père, puis avec grand-père, en soulevant le bas de sa robe d'une main. Je possédais autrefois une photo d'elle prise à l'une de ces réceptions. Elle portait une robe de soirée et tenait un porcelet entre ses bras.

À l'été quinze, mamie Tipper n'était donc plus des nôtres et Clairmont nous semblait bien vide.

La maison Clairmont est une villa grise à deux étages, de style victorien, surmontée d'une tourelle et entourée d'une véranda. À l'intérieur, on trouve une collection de dessins originaux publiés dans le *New Yorker*, des photos de famille, des coussins brodés, des statuettes, des presse-papiers en ivoire et des poissons empaillés sur des plaques. Où que le regard se pose, il n'y a que des objets de goût choisis par mamie Tipper et grand-père. Une énorme table de pique-nique, assez grande pour asseoir seize personnes, trône sur la pelouse et, un peu plus loin, un pneu-balançoire est suspendu à un majestueux érable.

Mamie Tipper s'affairait toujours dans sa cuisine et planifiait elle-même toutes les sorties. Elle confectionnait des plaids dans sa salle de couture, et le vrombissement de sa machine à coudre résonnait à travers le rez-de-chaussée. Elle donnait ses instructions aux gardiens en blue-jean, avec ses gants de jardinage.

À présent, le silence régnait dans la maison. Plus de livres de recettes ouverts sur le plan de travail, plus de musique classique sur la chaîne stéréo de la cuisine. Mais on trouvait encore ses savonnettes préférées dans tous les porte-savons. Ses plantes qui continuaient à pousser dans le jardin. Ses cuillers en bois, ses serviettes en tissu.

Un jour que la maison était déserte, j'ai poussé la porte de sa salle de couture située au bout du rez-de-chaussée. J'ai touché sa collection de tissus, les boutons brillants, les fils de couleur.

Ma tête et mes épaules se sont affaissées en premier, suivies de mes hanches et de mes genoux. Je me suis mise à pleurer toutes les larmes de mon corps au milieu de ses jolies cotonnades imprimées. J'ai inondé le plaid qu'elle n'avait pas eu le temps de terminer et fait rouiller les parties métalliques de sa machine à coudre. Ma grand-mère, ma grand-mère. Disparue à jamais, alors que je sentais encore l'odeur de son parfum Chanel sur les chutes de tissu.

Maman m'a trouvée là.

Elle m'a ordonné de redevenir normale. Parce que je l'étais. Parce que je pouvais l'être. Elle m'a dit de respirer un bon coup et de me remettre debout.

Et j'ai fait ce qu'elle me demandait. À nouveau.

Elle se faisait du souci pour grand-père. Il ne tenait plus très bien sur ses jambes depuis le départ de mamie Tipper, et il devait se raccrocher aux tables et aux fauteuils pour ne pas tomber. Il était le chef de la famille. Maman ne voulait surtout pas qu'il soit déstabilisé. Elle tenait à ce qu'il se sente entouré de ses enfants et de ses petits-enfants, toujours aussi vaillants et joyeux. C'était important, affirmait-elle ; c'était une preuve de générosité envers lui ; c'était la chose à faire. Pas de vagues, m'a-t-elle recommandé. Ne rappelle pas aux gens ce qu'ils ont perdu.

– Tu comprends, Cady ? Le silence est un vernis protecteur contre la douleur.

Je comprenais. Et j'ai réussi à effacer mamie Tipper de la conversation, exactement comme je l'avais fait avec mon père. Pas de gaieté de cœur, mais par sens du devoir. À table avec mes tantes, en bateau avec grand-père, même seule avec ma mère... je faisais comme si ces êtres si chers n'avaient jamais existé. Le reste du clan Sinclair a fait front commun. Quand nous étions réunis, tout le monde affichait son plus beau sourire. Exactement comme quand Bess avait quitté oncle Brody, quand oncle William avait quitté Carrie ou quand Peppermill, l'un des chiens de mamie Tipper, était mort d'un cancer.

Gat n'a jamais pigé le truc, lui. Il me parlait même souvent de mon père. Papa avait trouvé en lui un adversaire décent aux échecs et un auditeur complaisant pour ses histoires de guerre assommantes, si bien qu'ils avaient passé un peu de temps ensemble. « Tu te souviens de la fois où ton père a attrapé ce gros crabe dans un seau ? » me disait-il. Ou bien à maman : « Sam m'a expliqué qu'il y avait un équipement de pêche à la mouche dans le hangar à bateau, l'an dernier. Vous savez où il se trouve ? »

Au dîner, les conversations s'arrêtaient brusquement dès qu'il mentionnait mamie Tipper. Une fois, il a lâché en plein repas : « Je revois encore Tipper debout d'un côté de la table, en train de servir le dessert, pas vous ? C'était tellement elle. » Johnny avait aussitôt embrayé sur Wimbledon d'une voix forte jusqu'à ce que la consternation s'estompe sur nos visages.

Chaque fois que Gat faisait ce genre de commentaire, avec sa nonchalance et sa sincérité bien à lui, son indélicatesse aussi... mes veines s'ouvraient. Mes poignets se lacéraient. Mon sang se déversait au creux de mes paumes. J'étais prise de vertiges. Je me levais de table en titubant ou bien j'agonisais dans le silence et la honte en espérant que personne ne me verrait. Surtout pas maman.

Mais Gat n'en ratait pas une miette, lui. Quand le sang coulait sur mes pieds nus ou sur le livre que j'étais en train de lire, il se montrait aux petits soins pour moi. Il entourait mes poignets de bandes de gaze blanche et me posait des questions sur ce qui s'était passé. Sur papa et mamie Tipper – comme si parler suffisait à tout arranger. Comme s'il fallait s'intéresser aux blessures pour mieux les guérir.

Il demeurait un étranger au sein de notre famille, même après toutes ces années.

Quand je n'étais pas en train de me vider de mon sang, quand Mirren et Johnny partaient plonger avec leurs masques et leurs tubas ou qu'ils se chamaillaient avec les petits, ou quand tout le monde était affalé sur le canapé à mater un film sur la télé à écran plasma de Clairmont, on fuguait, Gat et moi. On s'asseyait sur la balançoire à minuit, nos bras et nos jambes entrelacés, nos lèvres tièdes dans la fraîcheur nocturne. Le matin, on descendait en gloussant dans la cave de Clairmont, où étaient stockées les bouteilles de vin et les encyclopédies. Là, on s'embrassait comme des clandestins heureux, en s'émerveillant chacun de l'existence de l'autre. Certains jours, il m'écrivait de petits mots qu'il glissait avec un cadeau sous mon oreiller.

Quelqu'un a écrit qu'un roman était une succession de petits étonnements. Je ressens la même chose rien qu'en passant une heure avec toi.

En prime, voici une brosse à dents verte entourée d'un ruban. Rien ne pouvait mieux exprimer mes sentiments pour toi.

Encore mieux que le chocolat : ce moment hier soir avec toi.

Et moi qui croyais que le chocolat était la meilleure chose au monde.

En un geste profond et symbolique, je t'offre cette barre chocolatée de luxe rapportée de notre excursion à Edgartown. Tu peux soit la manger, soit t'asseoir à côté d'elle et te sentir supérieure.

Je ne lui écrivais jamais en retour. À la place, je lui faisais de petits dessins de nous deux aux crayons pastel. Des bonshommes bâtons agitant la main au pied du Colisée, au sommet de la tour Eiffel ou d'une montagne, à dos de dragon. Il les affichait au-dessus de son lit.

Il me touchait chaque fois qu'il en avait l'occasion. Sous la table du dîner, dans la cuisine déserte. En cachette, hilare, dans le dos de grand-père pendant qu'il conduisait le bateau à moteur. Je ne sentais aucune barrière entre nous. Quand personne ne nous regardait, j'en profitais pour caresser ses pommettes ou son dos. Je cherchais sa main, pressais mon pouce au creux de son poignet et sentais le sang courir dans ses veines.

12

Un soir de la fin juillet, à l'été quinze, je suis descendue sur la petite plage. Seule.

Où étaient donc Gat, Johnny et Mirren ?

Aucune idée.

Notre grande passion du moment était le Scrabble, dont nous faisions des parties endiablées à Red Gate. Sans doute étaient-ils là-bas en train de jouer. Ou à Clairmont, en train d'écouter les tantes se disputer tout en grignotant des crackers trempés dans la confiture de prunes.

Quoi qu'il en soit, je suis entrée dans l'eau en débardeur, petite culotte et soutien-gorge. Apparemment, je m'étais rendue à la plage dans cette tenue. Aucun autre de mes vêtements n'a été retrouvé sur le sable. Ni aucune serviette de plage non plus.

Pourquoi ?

Là encore, je n'en sais rien.

J'ai dû trop m'éloigner de la côte. De gros rochers noirs et déchiquetés se dressent un peu au large ; leur silhouette a toujours quelque chose de menaçant dans l'obscurité. Je nageais sans doute sous l'eau, et j'en ai peut-être heurté un de plein fouet.

Comme j'ai dit, je ne sais rien.

Je ne me rappelle qu'une chose : je me suis enfoncée dans les profondeurs de cet océan,

jusqu'au fond rocailleux tout en bas, et

j'ai vu le socle de l'île et je ne sentais plus mes bras ni mes jambes alors que j'avais les doigts glacés. Des fragments d'algues flottaient autour de moi à mesure que je sombrais.

Maman m'a trouvée sur la plage, roulée en boule, à moitié submergée par les vagues. Je tremblais de façon incontrôlable. Les adultes m'ont enveloppée dans des couvertures. Ils ont tenté de me réchauffer à Cuddledown. Ils m'ont fait avaler du thé et enfiler des vêtements chauds mais, voyant que mon état était catatonique et mes tremblements compulsifs, ils m'ont emmenée à l'hôpital de Martha's Vineyard où je suis restée plusieurs jours en observation. Je souffrais d'hypothermie, de difficultés respiratoires et probablement d'une sorte de traumatisme crânien, bien que les scanners n'aient rien donné.

Maman est restée à mon chevet et s'est pris une chambre d'hôtel à côté. Je me souviens des mines tristes et grises de tante Carrie, tante Bess et grand-père. Je me souviens que mes poumons semblaient remplis de quelque chose alors que les médecins les avaient déclarés intacts. Je me souviens que je pensais ne plus jamais pouvoir me réchauffer alors que ma température était prétendument normale. Mes mains me faisaient souffrir. Mes pieds aussi.

Maman m'a ramenée dans le Vermont, en convalescence. Je suis restée alitée dans le noir, au désespoir. Parce que j'étais malade, mais surtout parce que Gat ne m'avait pas téléphoné une fois.

Ni écrit non plus.

N'étions-nous pas amoureux ?

Amoureux ?

J'ai envoyé deux ou trois mails pathétiques à Johnny pour lui demander ce qui se passait avec Gat.

Johnny a eu le bon sens de les ignorer. Nous sommes des Sinclair, après tout, et les Sinclair ne se comportent pas ainsi.

J'ai arrêté d'écrire et effacé tous les messages de mon dossier « Envoyés ». Ils étaient trop ridicules, trop mièvres.

La vérité, c'est que Gat m'a abandonnée alors que j'étais au plus mal.

La vérité, c'est qu'on avait juste vécu une amourette de vacances.

La vérité, c'est qu'il était peut-être amoureux de Raquel.

On vivait trop éloignés l'un de l'autre, de toute manière.

Nos familles étaient trop proches l'une de l'autre, de toute manière.

Je n'ai jamais eu droit à la moindre explication.

Je sais seulement qu'il m'a quittée.

13

Bienvenue à l'intérieur de mon crâne.

Un camion écrase les os de mon cou et de ma tête. Mes vertèbres se brisent, ma cervelle jaillit. Un milliard de lampes torches m'aveuglent. Le monde tangue autour de moi.

Je vomis. Je perds connaissance.

Voilà ce qu'est devenue ma vie. Pour moi, ce n'est qu'une journée comme les autres.

La douleur s'est manifestée pour la première fois six semaines après l'accident. Personne ne savait si les deux étaient liés, mais on ne pouvait nier la violence de mes vomissements, la perte de poids et l'horreur générale de mon état.

Maman m'a emmenée faire des IRM et des scanners. Des aiguilles, des machines. Puis encore plus d'aiguilles et de machines.

J'ai eu droit à une batterie d'examens pour vérifier si je n'avais pas une tumeur au cerveau ou une méningite, ce genre de choses. Pour calmer la douleur, on m'a prescrit un médicament, puis deux, puis trois, parce que le premier n'a pas marché et le deuxième non plus. On m'a rédigé ordonnance sur ordonnance sans même savoir ce qui clochait. Juste histoire d'apaiser la douleur.

Cadence, disaient les médecins, vas-y doucement avec les cachets.

Cadence, disaient les médecins, fais attention à ne pas devenir accro.

Mais tout de même, Cadence, veille à bien prendre ton traitement.

J'ai eu tant de rendez-vous que je ne m'en souviens même plus. Enfin, le corps médical est parvenu à un diagnostic. Cadence Sinclair Eastman : migraines post-traumatiques, ou MPT. Autrement dit, de graves maux de tête provoqués par un traumatisme crânien.

Ça va s'arranger, m'ont-ils assuré.

Tu ne vas pas mourir.

Tu vas juste beaucoup souffrir.

14

Au bout d'un an dans le Colorado, papa a soudain eu envie de me voir. En fait, il a insisté pour m'emmener visiter l'Italie, la France, l'Allemagne, l'Espagne et l'Écosse – un périple de dix semaines censé démarrer à la mi-juin, ce qui signifiait que je ne passerais pas l'été seize à Beechwood.

– Ce voyage tombe à pic, s'est enthousiasmée maman en préparant ma valise.

– Pourquoi ?

J'étais allongée par terre, dans ma chambre, pendant qu'elle s'occupait de tout. J'avais mal à la tête.

– Grand-père est en train de refaire Clairmont.

Elle roulait des paires de chaussettes en boule.

– Je te l'ai déjà dit un million de fois.

Je n'en avais aucun souvenir.

– Pourquoi ?

– Ça l'a pris comme ça. Il habitera Windemere pendant tout l'été.

– Avec toi comme dame de compagnie ?

Maman a opiné.

– Il ne peut rester ni avec Bess ni avec Carrie. Et tu sais qu'il a besoin qu'on s'occupe de lui. Mais toi, tu vas découvrir des choses merveilleuses en Europe.

– Je préférerais aller à Beechwood.

– Certainement pas, a-t-elle conclu d'un ton ferme.

En Europe, je vomissais dans de petits seaux et je me lavais les dents plusieurs fois par jour avec du dentifrice anglais crayeux. Je suis restée allongée par terre dans les toilettes de plus d'un musée, savourant le contact rafraîchissant du carrelage contre ma joue tandis que mon cerveau se liquéfiait et suintait par mes oreilles. Mes crises de migraine laissaient des traînées de sang sur les lits impersonnels des chambres d'hôtel, sang qui gouttait par terre et imprégnait les tapis, jusqu'aux restes de croissants et de biscuits italiens abandonnés sur les tables.

J'entendais mon père m'appeler mais j'attendais que les médocs fassent effet pour lui répondre.

Les Menteurs m'ont beaucoup manqué, cet été-là.

On ne restait jamais en contact pendant l'année scolaire. Ou en tout cas très peu, même si on avait fait quelques efforts quand on était plus petits. On s'envoyait des SMS, on se taguait sur nos photos de vacances, surtout à la rentrée, mais nos liens finissaient invariablement par s'effilocher au bout de quelques semaines. Étrangement, la magie de Beechwood restait extérieure à nos vies quotidiennes. Nous n'avions aucune envie de nous parler de nos camarades de classe, de nos clubs scolaires et de nos équipes sportives. Nous savions que notre amitié renaîtrait dès l'instant de nos retrouvailles sur le ponton au mois de juin suivant, dans l'air marin et la pâle lumière du soleil qui miroitait à la surface de l'océan.

Mais l'année qui a suivi mon accident, j'ai manqué des jours et des semaines entières de cours. J'ai échoué aux exams dans toutes les matières et le proviseur m'a informée que je devrais redoubler ma classe de première. J'ai arrêté le foot et le tennis. Je ne pouvais plus faire de baby-sitting. Ni même conduire une voiture. Mes amis sont devenus de simples connaissances.

J'ai envoyé quelques SMS à Mirren. Je l'ai appelée, je lui ai laissé des messages que j'ai regrettés par la suite, tant ils étaient tragiques et désespérés.

J'ai appelé Johnny, aussi, mais sa messagerie était pleine.

J'ai décidé de ne plus leur téléphoner. Je n'avais plus envie de dire des choses qui me faisaient honte.

Quand mon père m'a emmenée en Europe, je savais que les Menteurs étaient réunis sur l'île. Les portables ne passent pas, si bien que j'ai commencé à leur envoyer des e-mails. Contrairement à mes lamentables messages vocaux, ils étaient enjoués et charmants, comme s'ils avaient été rédigés par une personne en parfaite santé.

Enfin, la plupart d'entre eux.

Mirren !

Petit coucou de Barcelone, où mon père a bu du bouillon d'escargot.

Tout est doré dans notre hôtel. Même les salières. C'est d'une vulgarité sans nom.

Écris-moi pour me raconter les bêtises des petits, dans quelle fac tu iras à la rentrée et si tu as trouvé le grand amour.

/Cadence

• • •

Johnny !

Bonjour[1] de Paris, où mon père a mangé une grenouille.

J'ai vu la *Victoire de Samothrace*. Corps de rêve. Pas de bras.

Vous me manquez tous. Comment va Gat ?

/Cadence

• • •

Mirren !

Salutations de mon château en Écosse, où mon père a mangé du *haggis*. Enfin, plus exactement, il a dévoré le cœur, le foie et les poumons d'une brebis mélangés à des flocons d'avoine et cuits dans sa panse.

Bref, mon père est le genre de personne qui mange du cœur, quoi.

/Cadence

---

1 En français dans le texte.

• • •

Johnny !

Je suis à Berlin, où mon père a mangé du boudin noir.

Faites de la plongée pour moi. Mangez de la tarte aux myrtilles. Jouez au tennis. Allumez des feux de camp. Puis racontez-moi. Je m'ennuie à mourir et je compte bien inventer toutes sortes de châtiments corporels insolites rien que pour toi si tu n'obéis pas à mes instructions.

/Cadence

Je n'étais pas vraiment surprise par leur absence de réponse. Outre le fait qu'il fallait se rendre jusqu'à Martha's Vineyard pour avoir accès à Internet, Beechwood est un petit univers refermé sur lui-même. Dès que vous arrivez là-bas, le reste du monde vous fait l'effet d'un mauvais rêve.

L'Europe n'existait peut-être pas, si ça se trouve.

15

Bienvenue dans la splendide famille Sinclair, *bis*.

Nous croyons aux vertus des activités de plein air.

Nous croyons, même si nous ne l'admettrons jamais ouvertement, aux vertus des tranquillisants sur ordonnance et des cocktails en début de soirée.

Nous ne discutons pas de nos problèmes au restaurant. Nous ne tolérons guère les démonstrations de chagrin. Nos lèvres sont toujours pincées, et il n'est pas impossible que les gens soient curieux de nous parce que nous ne leur ouvrons jamais notre cœur.

Il n'est pas non plus impossible que leur curiosité nous flatte.

Ici, à Burlington, il n'y a plus que maman, les chiens et moi. Nous n'avons plus à supporter le poids de grand-père à Boston ou de la famille au grand complet à Beechwood, mais je sais très bien comment les autres nous voient. Maman et moi sommes deux êtres à part, isolées du reste dans notre grande maison avec son grand porche au sommet de la colline. La mère svelte et la fille maladive. Nous sommes larges d'épaules, les pommettes saillantes. En ville, pour faire nos emplettes, nous affichons nos plus beaux sourires.

La fille maladive n'est pas très bavarde. Ceux qui la connaissent au lycée préfèrent garder leurs distances. Ils ne la connaissaient pas si bien que ça avant son accident, de toute manière. Déjà, à l'époque, elle ne disait pas grand-chose.

Désormais, elle est absente la moitié du temps. Quand elle est là, son teint pâle et ses yeux délavés lui donnent le visage tragique et glamour d'une héroïne de roman atteinte de pneumonie. Parfois, elle s'écroule en pleurs. Elle fait peur à ses camarades. Même les plus dévoués d'entre eux en ont marre de l'emmener à l'infirmerie.

Mais l'aura de mystère qui l'entoure la protège des malveillances et des moqueries. Sa mère est une Sinclair.

Croyez-moi, je me sens tout sauf mystérieuse quand j'avale une conserve de soupe tard le soir ou que je reste étendue sous les néons de l'infirmerie du lycée. Et mes disputes avec ma mère depuis le départ de papa n'ont rien de glamour.

Je me réveille et la trouve debout sur le pas de ma porte, en train de me regarder fixement pendant mon sommeil.

– Arrête de m'espionner.

– Je t'aime. Je veille sur toi, me répond-elle, la main sur le cœur.

– Eh bien, arrête.

Si je pouvais lui claquer la porte au nez, je le ferais. Mais je ne peux même pas me lever.

Je tombe un peu partout sur des listes écrites de sa main et indiquant ce que j'ai mangé tel ou tel jour. « Une tartine de confiture, la moitié seulement ; pomme et pop-corn ; salade composée aux raisins secs ; barre chocolatée ; pâtes. Hydratation ? Protéines ? Trop de bière au gingembre. »

Ça n'a rien de glamour de ne pas pouvoir conduire. Ça n'a rien de mystérieux de rester enfermé chez soi le samedi soir à bouquiner au milieu de chiens qui sentent mauvais. Pour autant, j'ai conscience d'être *perçue* comme un être de mystère, une Sinclair, membre d'une caste privilégiée et exceptionnelle, quelqu'un dont la vie s'inscrit d'emblée dans la légende, pour la simple raison que je fais partie de ce clan mythique.

Ma mère en est bien consciente, elle aussi.

Car c'est ainsi qu'on nous a élevées.

Comme des Sinclair. Des Sinclair.

Deuxième partie

LE VERMONT

16

Quand j'avais huit ans, mon père m'a offert une collection de livres de contes pour Noël. Ils étaient chacun d'une couleur différente : *Le Grand Livre jaune, Le Grand Livre bleu, rouge, vert, gris, marron* et *orange*. Leurs pages recelaient des récits venus du monde entier, des variantes de variantes de contes que je connaissais déjà.

En les lisant, vous entendiez d'abord l'écho de l'histoire contenue à l'intérieur de l'histoire, puis les échos d'autres histoires plus lointaines. Nombre d'entre elles partent du même postulat : « Il était une fois trois… »

Toujours *trois* quelque chose :

trois petits cochons,

trois ours,

trois frères,

trois soldats,

trois biquettes.

Trois princesses.

Après mon retour d'Europe, je me suis mise à écrire mes propres contes. Mes versions à moi.

J'ai beaucoup de temps libre, alors j'aimerais vous en raconter une. Une variante, comme je vous le disais, d'une histoire que vous connaissez déjà.

Il était une fois un roi qui avait trois filles d'une grande beauté.

Plus il vieillissait, plus il s'inquiétait de savoir à laquelle des trois il léguerait son royaume, car aucune d'entre elles ne s'était mariée et il n'avait pas d'héritier. Il décida donc de demander à chacune des princesses de lui prouver la grandeur de son amour.

À l'aînée, il demanda :

« Dis-moi, à quel point m'aimes-tu ? »

Elle l'aimait autant que tous les trésors du royaume.

À la deuxième, il demanda :

« Dis-moi, à quel point m'aimes-tu ? »

Elle l'aimait avec toute la force du fer.

À la plus jeune, il demanda :

« Dis-moi, à quel point m'aimes-tu ? »

La benjamine réfléchit un long moment. Finalement, elle lui répondit qu'elle l'aimait comme la viande aime le sel.

« Alors c'est que tu ne m'aimes point », rétorqua le roi.

Il la renvoya du château et fit remonter le pont-levis afin qu'elle ne puisse plus jamais revenir.

Cette jeune princesse se retrouva donc dans la forêt, sans même un manteau ou un morceau de pain. Elle erra en se réfugiant sous les arbres pour se protéger du froid rigoureux de l'hiver. Puis elle arriva dans une auberge où on l'embaucha comme aide-cuisinière. Au fil des jours et des semaines, la princesse travailla dur et apprit son métier, tant et si bien qu'elle finit par surpasser sa patronne. Ses talents culinaires devinrent réputés dans le pays tout entier.

Les années passèrent, et l'aînée des princesses finit par se marier. Pour le banquet, on demanda à la cuisinière de l'auberge de préparer ses spécialités.

Elle fit servir un énorme cochon rôti. C'était le plat favori du roi, mais cette fois, on le fit cuire sans sel.

Le roi goûta la viande.

Une première bouchée. Puis une seconde.

« Qui a osé servir un aussi mauvais rôti au repas de noces de la future reine ? » rugit-il.

La princesse-cuisinière se présenta alors devant son père, mais elle avait tellement changé qu'il ne la reconnut guère.

« Je ne voulais pas vous faire manger de sel, Votre Majesté. Car n'avez-vous pas vous-même exilé la plus jeune de vos filles pour avoir déclaré qu'il était précieux ? »

À ces mots, le roi réalisa non seulement qu'il s'agissait de sa fille, mais également qu'elle était celle des trois princesses qui l'aimait le plus.

Et que se passa-t-il ensuite ?

Les deux autres sœurs avaient vécu auprès du roi leur père pendant toutes ces années. Il avait tour à tour préféré l'une ou l'autre selon les semaines. Elles avaient été déchirées par sa manie de les comparer toujours entre elles. Maintenant que la benjamine était de retour, le roi élimina sa fille aînée du trône, à peine mariée. Elle ne deviendrait jamais reine, en fin de compte. La cadette et elle étaient furieuses.

Au début, la benjamine se délecta de l'amour retrouvé de son père. Mais bientôt, elle réalisa que le pouvoir l'avait rendu fou. Certes, elle monterait sur le trône, mais cela signifiait qu'elle resterait coincée auprès d'un vieux tyran sénile jusqu'à la fin de ses jours. Jamais elle ne le quitterait, aussi fou ou malade soit-il.

Restait-elle parce qu'elle l'aimait comme la viande aime le sel ?

Ou bien parce qu'il lui avait promis son royaume ?

Elle avait du mal à faire la différence.

17

L'automne après mon voyage en Europe, je me suis fixé une mission : me débarrasser d'une possession par jour.

J'ai envoyé à Mirren la vieille Barbie à la chevelure ultralongue qu'on se disputait tout le temps quand on était petites. Et à Johnny une écharpe rayée que je portais souvent à une époque. Il adore les rayures.

Les adultes de la famille – ma mère, mes tantes, grand-père – sont obsédés par l'idée d'accumulation. Celui ou celle qui meurt avec le plus d'objets autour de lui a gagné.

Gagné *quoi* ? J'aimerais bien le savoir.

J'aimais les jolies choses, autrefois. Comme ma mère, comme tous les Sinclair. Mais plus maintenant.

Maman a rempli notre maison de Burlington d'objets raffinés en argent et en cristal, de beaux livres et de plaids en cachemire. Nos parquets sont recouverts d'épais tapis, et nos murs des tableaux de quelques artistes locaux que ma mère s'est piquée de soutenir. Elle aime la porcelaine ancienne et exhibe ses trésors dans la salle à manger. Elle a remplacé la Saab en parfait état de marche par une BMW.

Aucun de ces symboles de bon goût et de prospérité n'a la moindre utilité.

– Bien sûr que la beauté sert à quelque chose, proteste-t-elle. Elle définit les contours de notre espace intime, de notre identité. De notre bien-être, même. As-tu déjà entendu parler de la notion de bien-être, Cadence ?

Mais je la soupçonne de mentir, à moi-même et aux autres, sur la véritable raison de cette accumulation frénétique. Le frisson d'un nouvel achat lui donne un sentiment de toute-puissance, aussi fugace soit-il. Je crois qu'à ses yeux, le fait d'avoir une maison remplie de belles choses, d'acheter de coûteuses peintures de coquillages à ses amis artistes et des petites cuillers en argent chez Tiffany est avant tout une question de statut. Ses antiquités et ses tapis d'Orient transmettent un message : elle n'est peut-être qu'une éleveuse de chiens ayant plaqué ses études dans une université huppée, mais elle est puissante – parce qu'elle a de l'argent.

À céder : mon oreiller. Je l'emporte avec moi en allant faire des courses.

Une fille fait la manche près de l'entrée de la bibliothèque. À ses pieds, elle a posé un gobelet en carton avec des pièces de monnaie. Elle est à peine plus âgée que moi.

– Tu as besoin d'un oreiller ? dis-je. J'ai lavé la taie.

Elle le prend et s'assoit dessus.

Mon lit me paraît un peu moins confortable cette nuit-là, mais c'est pour la bonne cause.

À céder : *Le Roi Lear* en livre de poche, étudié en classe de seconde et retrouvé sous mon lit.

Je l'ai offert à la bibliothèque municipale.

Je n'ai pas besoin de le relire.

À céder : une photo de mamie Tipper au gala du Farm Institute, en robe de soirée avec un porcelet dans les bras.

Je m'arrête chez Goodwill[1] sur le chemin de la maison.

– Bonjour, Cadence, me lance Patti derrière son comptoir. Tu as quelque chose de nouveau pour moi ?

– C'était ma grand-mère.

– Quelle femme magnifique. Tu es sûre que tu n'as pas envie de conserver la photo ? Tu pourrais juste faire don du cadre.

– Oui, j'en suis sûre.

Mamie Tipper est morte. Garder sa photo n'y changera rien.

– Tu es encore passée chez Goodwill ? me demande maman à mon retour.

Elle est en train de couper des pêches en tranches à l'aide d'un couteau à fruits.

– Ouais.

– De quoi t'es-tu débarrassée, cette fois ?

– D'une vieille photo de mamie Tipper.

– Celle avec le petit cochon ? (Sa bouche tressaille.) Oh, Cady…

– Elle m'appartenait. J'étais libre d'en faire ce que je voulais.

Ma mère soupire.

– Si tu donnes l'un des chiens, tu vas m'entendre.

Je m'accroupis à leur hauteur. Bosh, Grendel et Poppy m'accueillent avec de discrets aboiements d'intérieur. Ce sont les dignes chiens de notre famille – bien nourris et bien dressés. Des golden retrievers pure race. Poppy a eu plusieurs portées pour l'élevage de ma mère, mais les chiots ainsi que les autres chiens de l'élevage vivent chez son associée, dans une ferme aux environs de Burlington.

1 Équivalent américain d'Emmaüs (NdT).

– Jamais je ne ferais une chose pareille, dis-je.

Je leur chuchote à quel point je les aime dans leurs oreilles toutes douces.

18

Quand je tape « traumatisme crânien » sur Google, la plupart des sites sur lesquels je tombe expliquent que l'une de ses conséquences est l'amnésie sélective. Si le cerveau a été touché, il n'est pas rare que la victime ait des pertes de mémoire et se retrouve par exemple incapable d'établir le récit cohérent de son accident.

Mais je ne veux pas qu'on le sache. Toujours aucune amélioration à noter, malgré les rendez-vous, les scanners et les médicaments.

Je ne veux pas qu'on me traite comme une handicapée. Je ne veux plus de nouveaux cachets. Je n'en peux plus des médecins et des profs à l'air préoccupé. J'ai eu ma dose de toubibs, voyez-vous.

Voilà ce dont je me souviens, l'été de mon accident :

Moi, tombant amoureuse de Gat derrière la porte de la cuisine de Red Gate.

Sa rose du Japon pour Raquel. La cuite que j'ai prise le soir même, folle de rage.

Mon indifférence feinte. Nos recettes de glace. Nos parties de tennis.

Les sandwichs à trois étages et la colère de Gat quand je lui ai dit de se taire.

Nos bains de minuit.

Mon baiser avec Gat dans le grenier.

L'anecdote du pop-corn aux cacahuètes et grand-père s'appuyant sur moi pour redescendre l'escalier.

Le pneu-balançoire, le sous-sol, le sentier circulaire. Gat et moi enlacés.

Gat me regardant saigner. Me posant des questions. Pansant mes blessures.

Je ne me souviens pas de grand-chose d'autre.

La main de Mirren, avec son vernis doré et écaillé, portant un jerrican d'essence pour bateau.

Maman, les traits crispés, demandant : « Les perles noires ? »

Les pieds nus de Johnny dévalant les marches depuis Clairmont vers le hangar à bateau.

Grand-père debout contre un arbre, le visage éclairé par les flammes d'un feu de joie.

Nous les Menteurs pliés de rire au point d'en avoir mal au ventre et mal au cœur. Mais qu'y avait-il de si drôle ?

Que se passait-il, où étions-nous ?

Je n'en ai pas la moindre idée.

Au début, j'avais pour habitude d'interroger maman quand je ne me souvenais plus des détails de l'été quinze. Mes pertes de mémoire m'effrayaient. Je lui disais qu'il était peut-être temps que j'arrête les médocs, que j'en essaye de nouveaux ou que je change de docteur. Je la suppliais de me raconter ce que j'avais oublié. Puis, un jour, à la fin de l'automne – celui que j'avais passé à subir des examens pour détecter d'éventuelles maladies mortelles –, maman a éclaté en sanglots.

– Tu me poses sans arrêt les mêmes questions. Tu ne te souviens jamais de ce que je te dis.

– Je suis désolée.

Elle s'est versé un verre de vin.

– Tu m'as posé des questions dès le jour de ton réveil à l'hôpital. « Qu'est-ce qui m'est arrivé ? Qu'est-ce que je fais ici ? » Je t'ai dit la vérité, Cadence. Ce jour-là comme tous les autres. Et tu répétais ces mots après moi. Mais le lendemain, tu me posais de nouveau les mêmes questions.

– Je suis désolée.

– Tu continues à le faire, presque tous les jours.

C'est vrai : je n'ai aucun souvenir de mon accident. Je ne me rappelle pas ce qui s'est passé, ni avant ni après. Je ne me souviens pas de mes rendez-vous chez le médecin. Je sais qu'ils ont forcément eu lieu – on a établi un diagnostic, un traitement à suivre –, mais j'ai un trou noir complet pour tout ce qui touche aux détails de ces consultations.

J'ai observé ma mère. Son visage angoissé qui m'exaspérait, ses yeux larmoyants, sa bouche rendue pâteuse par l'alcool.

– Il faut que tu arrêtes de poser des questions, a-t-elle déclaré. De toute manière, les médecins pensent qu'il vaut mieux que la mémoire te revienne naturellement.

Je lui ai demandé de tout me raconter une dernière fois, et j'ai noté ses réponses afin de pouvoir les relire en cas de besoin. Voilà pourquoi je peux vous parler de mon accident de baignade en pleine nuit, des rochers, de l'hypothermie, des difficultés respiratoires et de l'hypothèse non confirmée du traumatisme crânien.

Je ne lui ai plus jamais posé de questions. Il y a encore beaucoup de choses que je ne comprends pas mais, au moins, ça lui évite de boire.

19

Papa a l'intention de m'emmener en Australie et en Nouvelle-Zélande pendant toute la durée de l'été dix-sept.

Je n'ai aucune envie d'y aller.

Je veux retourner à Beechwood. Je veux voir Mirren et m'étendre au soleil avec elle pour qu'on se raconte nos projets d'avenir. Je veux me disputer avec Johnny, faire de la plongée et préparer des glaces. Je veux allumer des feux de camp sur la petite plage. Je veux qu'on s'entasse dans le hamac du porche de Clairmont et qu'on redevienne les Menteurs, comme avant, si tant est que cela soit encore possible.

Je veux me remémorer mon accident.

Je veux savoir pourquoi Gat s'est volatilisé. J'ignore la raison pour laquelle il n'était pas venu se baigner avec moi. J'ignore la raison pour laquelle je suis descendue, seule, sur la petite plage. Pourquoi j'étais en sous-vêtements. Et pourquoi il m'a abandonnée alors que j'étais dans un état si grave.

Je me demande s'il m'aimait. Ou s'il aimait Raquel.

Papa et moi sommes censés nous envoler pour l'Australie dans cinq jours.

Je n'aurais jamais dû accepter.

Je me sens misérable, je pleure toutes les larmes de mon corps. Je dis à maman que je n'ai pas besoin de visiter le monde. J'ai seulement besoin de voir ma famille. Grand-père me manque.

Non.

Je vais me sentir mal pendant le voyage jusqu'en Australie. Ma tête va exploser, je ne devrais pas prendre l'avion. Je ne devrais pas manger de nourriture étrangère. Je ne devrais pas m'exposer au décalage horaire. Et si je perdais mes médicaments ?

Cesse de discuter. Tout est déjà payé.

Je vais promener les chiens de bon matin. Je remplis le lave-vaisselle et le vide à la fin du cycle. Je mets une robe et me passe du blush sur les joues. Je mange tout ce qu'il y a dans mon assiette. Je laisse maman me cajoler et me caresser les cheveux. Je lui dis que je voudrais passer l'été avec elle, et non avec papa.

Je la supplie.

Le lendemain, grand-père vient nous rendre visite à Burlington et dort dans la chambre d'amis. Il est déjà à Beechwood depuis la mi-mai et il lui faut prendre un bateau, un taxi et un avion pour venir chez nous. Il n'était pas revenu nous voir depuis bien avant la mort de mamie Tipper.

Maman va le chercher à l'aéroport. Pendant ce temps-là, je reste à la maison et je prépare la table du dîner. Elle a acheté un poulet rôti et divers accompagnements chez un traiteur chic en ville.

Grand-père a maigri depuis la dernière fois que je l'ai vu. Il a des touffes de cheveux blancs hirsutes autour des oreilles ; on dirait un oisillon. Il a la peau qui lui pend sur les os, une petite bedaine molle et le dos voûté, pas du tout comme dans mon souvenir. Lui qui m'avait toujours semblé invincible, avec ses larges épaules bien droites et ses dents bien blanches.

Grand-père est le genre de personne qui adore les maximes. « *Il faut toujours aller de l'avant* », nous répète-t-il. Et : « *Les places du fond, c'est pour les perdants. Les gagnants s'assoient toujours au premier rang.* »

Nous les Menteurs roulions des yeux en l'entendant prononcer ses sentences – « *Il faut savoir s'affirmer ; les gens hésitants n'intéressent personne* » ; « *Ne jamais se plaindre, ne jamais se justifier* » – mais, sur les sujets adultes, il faisait encore autorité à nos yeux.

Grand-père porte un short en madras et des mocassins. Il a les jambes grêles d'un vieillard. Il me tapote le dos et me demande de lui servir un scotch soda.

Pendant le repas, il me parle de ses amis de Boston. De sa nouvelle cuisine dans sa maison de Beechwood. De choses et d'autres sans importance. Après, maman débarrasse la table pendant que je l'emmène faire un tour dans le jardin. Le soleil n'est pas encore tout à fait couché.

Il cueille une pivoine et me la tend.

– Pour l'aînée de mes petits-enfants.

– Évite de cueillir les fleurs, d'accord ?

– Penny ne dira rien.

– C'est mal la connaître.

– Cadence était la première, déclare-t-il en se tournant vers le ciel au lieu de s'adresser à moi. Je me souviens de sa toute première visite chez nous, à Boston. Elle portait une barboteuse rose et ses cheveux se dressaient sur sa tête. Johnny n'est né que trois semaines plus tard.

– Je suis là, grand-père.

– Cadence était la première, et le fait qu'elle soit une fille n'était en rien une déception à nos yeux. J'étais prêt à tout lui offrir. Exactement comme je l'aurais fait pour un garçon. J'ai dansé avec elle dans mes bras. Elle était l'avenir de notre famille.

Je hoche la tête.

– On voyait tout de suite que c'était une Sinclair. Il y avait les cheveux, bien sûr, mais pas seulement. C'était dans son menton, ses petites mains. Nous savions qu'elle serait grande. Nous étions tous grands dans la famille, jusqu'à ce que Bess épouse ce minus. Et que Carrie fasse la même erreur.

– Tu veux parler de Brody et William ?

– Bon débarras, hein ? (Il sourit.) Tous les membres de notre famille étaient grands. Savais-tu que nos ancêtres, du côté de ma mère, faisaient partie des premiers migrants venus en Amérique à bord du *Mayflower* ? Ils avaient traversé l'Atlantique pour s'installer sur le nouveau continent.

Je sais que ça n'a aucune importance que nos ancêtres soient arrivés à bord du *Mayflower*. Ça n'a aucune importance d'être grand. Ou blond. C'est même pour ça que je me suis teint les cheveux : je n'ai pas envie d'être l'aînée. L'héritière de l'île, de la fortune, des attentes familiales.

Enfin, peut-être si, quand même.

Grand-père a un peu trop bu après sa longue journée de voyage.

– Et si on rentrait ? dis-je. Tu ne veux pas t'asseoir ?

Il cueille une deuxième pivoine et me la tend.

– Pour te demander pardon, ma belle.

Je tapote son dos voûté.

– Arrête-toi là, OK ?

Il se penche et caresse les tulipes blanches.

– Sérieusement, grand-père. Je ne plaisante pas.

Il cueille une troisième fleur d'un geste sec, avec défiance. Et me l'offre.

– Tu es ma Cadence. La première.

– Oui.

– Qu'est-il arrivé à tes cheveux ?

– Je les ai teints.

– Je ne t'ai pas reconnue en arrivant.

– Ça ne fait rien.

Grand-père désigne les pivoines, toutes serrées dans ma main.

– Trois fleurs pour toi. Il en fallait bien trois.

Il a l'air pathétique. Et tout-puissant.

Je l'aime d'amour, mais je ne suis pas sûre de l'aimer d'amitié. Je lui prends la main pour le ramener à l'intérieur.

20

Il était une fois un roi qui avait trois filles d'une grande beauté. Il aimait tendrement chacune d'elles. Un jour, alors que les princesses étaient en âge de se marier, un affreux dragon à trois têtes s'attaqua au royaume, réduisant tous ses villages en cendres. Il détruisit les récoltes et brûla les églises. Il tua les bébés, les personnes âgées, et tout le monde au milieu.

Le roi promit l'une de ses filles en mariage à quiconque serait assez courageux pour exterminer ce dragon. Héros et guerriers se présentèrent en armure de combat, chevauchant leurs fiers destriers en brandissant flèches et épées.

L'un après l'autre, ces hommes furent massacrés et dévorés.

Finalement, le roi se dit qu'une jeune fille pure parviendrait peut-être à apaiser le cœur du dragon. Il envoya l'aînée de ses filles auprès du monstre pour le supplier, mais celui-ci ne voulut rien entendre. Et l'avala toute crue.

Le roi envoya ensuite sa deuxième fille auprès du dragon pour le supplier, mais celui-ci fit la même chose. Il l'avala toute crue avant qu'elle ait pu prononcer un seul mot.

Le roi envoya alors sa troisième et dernière fille auprès du dragon pour le supplier ; elle était tellement jolie et intelligente qu'il ne douta pas un instant qu'elle réussirait là où tous les autres avaient échoué.

Mais non. Le dragon la dévora aussi.

Le roi était fou de douleur. Il se retrouvait à présent seul au monde.

Laissez-moi maintenant vous poser une question : qui a tué les princesses ?

Le dragon, ou leur père ?

Le lendemain du départ de grand-père, maman appelle papa pour annuler le voyage en Australie. J'entends des cris. Des négociations.

Finalement, ils se mettent d'accord pour que j'aille passer quatre semaines à Beechwood cet été avant d'aller chez lui dans le Colorado, où je ne suis encore jamais allée. Il insiste. Il veut me voir pendant les vacances, sans quoi il fera intervenir ses avocats.

Maman appelle ses sœurs. Elle s'entretient longuement, et en privé, avec chacune d'elles sous le porche de la maison. Je n'entends rien de ce qu'elle dit, excepté quelques bribes de phrase à la volée : « Cadence est si fragile, elle a énormément besoin de repos... Juste quatre semaines, pas tout l'été... Pas d'émotions fortes. Sa convalescence est très lente. »

Et aussi : « Pinot grigio, sancerre, un peu de riesling peut-être ; surtout pas de chardonnay. »

21

Ma chambre est presque vide, à présent. J'ai des draps et une couette sur mon lit. Un ordinateur portable sur mon bureau, quelques stylos. Une chaise.

Je possède deux jeans et autant de shorts. Des tee-shirts, des chemises à carreaux, quelques pulls chauds ; un maillot de bain, une paire de baskets, une autre de Crocs et des bottines. Deux robes et des chaussures à talons. Un manteau d'hiver, une veste de chasse et un duffel-coat.

Mes étagères sont vides. Ni affiches ni photos. Aucun vieux jouet.

À céder : un kit de brosse à dents de voyage flambant neuf, acheté hier par ma mère.

J'ai déjà une brosse à dents. J'ignore pourquoi elle m'a rapporté ça. Elle achète des trucs pour le simple plaisir de dépenser son argent. Ça me dégoûte.

Je me rends à pied jusqu'à la bibliothèque et retrouve la fille qui avait pris mon oreiller. Elle est toujours au même endroit. Je dépose le kit de voyage dans son gobelet.

À céder : la veste de chasse vert olive de Gat. Celle que je portais le soir où on s'est tenu la main en regardant les étoiles et en parlant de Dieu. Je ne la lui ai jamais rendue.

C'est la chose que j'aurais dû donner en premier. J'en suis consciente. Mais je n'ai pas pu. C'était tout ce qui me restait de lui.

Je me suis montrée idiote et faible. Gat ne m'aime pas.

Et moi non plus. Si je l'ai jamais aimé, d'ailleurs.

Je le reverrai après-demain, je ne l'aime pas et je ne veux pas de sa veste.

22

Le téléphone sonne à vingt-deux heures, la veille de notre départ pour Beechwood. Maman est sous la douche. Je décroche.

Une respiration à l'autre bout du fil. Puis un éclat de rire.

– Qui est à l'appareil ?

– Cady ?

C'est une voix d'enfant.

– Oui ?

– C'est Taft.

Le frère de Mirren. Il a toujours été particulièrement effronté.

– Qu'est-ce que tu fais debout à cette heure-là ?

– C'est vrai que t'es une camée ? me demande-t-il.

– Non.

– T'en es sûre ?

– Tu appelles juste pour me poser cette question ?

Je n'ai pas reparlé à Taft depuis mon accident.

– On est à Beechwood, dit-il. On est arrivés ce matin.

Je ne suis pas mécontente qu'il change de sujet. Je prends un ton enjoué.

– Et nous, on arrive demain. C'est génial, non ? Vous vous êtes déjà baignés ?

– Non.
– Vous avez fait du pneu-balançoire ?
– Non, répond Taft. T'es sûre que t'es pas une camée ?
– Qui t'a dit une chose pareille ?
– Bonnie. Elle pense que je devrais te surveiller.
– Ne l'écoute pas, dis-je. Écoute plutôt Mirren.
– Je sais. Mais Bonnie est la seule qui me croit à propos de Cuddledown. Et j'avais envie de t'appeler. Mais pas si tu te drogues, parce que les camés vivent dans un autre monde.
– Je ne suis pas droguée, espèce d'idiot, dis-je.
Même s'il est possible que je mente.
– Cuddledown est hanté, explique Taft. Je pourrai venir dormir avec toi à Windemere ?
J'ai de la tendresse pour mon cousin. Il est un peu zinzin, couvert de taches de rousseur, et Mirren l'aime encore plus qu'elle n'aime les jumelles.
– Cuddledown n'est pas hanté. C'est juste le bruit du vent qui souffle à travers la maison, dis-je. Comme à Windemere. Ça fait trembler les vitres.
– Mais Windemere est hanté aussi, insiste Taft. Maman ne me croit pas, et Liberty non plus.
Quand il était petit, c'était toujours lui qui avait peur des fantômes dans son placard. Plus tard, il était convaincu de l'existence d'un monstre marin sous le ponton.
– Demande à Mirren de t'aider, lui dis-je. Elle te lira une histoire pour t'endormir ou bien elle te chantera une chanson.
– Tu crois ?
– Absolument. Et quand je serai là, on ira plonger avec nos masques et nos tubas et on passera un super été, Taft.

– D'accord.

– N'aie pas peur de cette vieille baraque stupide. Montre-lui qui est le chef, et on se voit demain.

Il raccroche sans même me dire au revoir.

Troisième partie

L'ÉTÉ DIX-SEPT

23

Dans la petite ville portuaire de Woods Hole, maman et moi laissons les golden retrievers descendre de voiture et tirons nos bagages pour aller à la rencontre de tante Carrie, qui nous attend sur le quai.

Carrie serre longuement sa sœur dans ses bras avant de nous aider à monter nos affaires et les chiens sur le gros bateau à moteur.

– Tu es encore plus belle qu'avant, dit-elle à maman. Ta présence était très attendue !

– Oh, arrête, proteste-t-elle.

– Je sais que tu as été malade, poursuit Carrie en se tournant vers moi.

C'est la plus grande de mes tantes, et l'aînée des filles Sinclair. Elle porte un long pull en cachemire. De profondes ridules partent de la commissure de ses lèvres. Son bijou de jade ancien appartenait jadis à mamie Tipper.

– Un bon cachet de Percocet arrosé d'une bonne rasade de vodka, et tout ira bien, dis-je.

Carrie s'esclaffe, mais maman se penche vers elle pour lui glisser :

– Elle n'est absolument pas sous Percocet. Elle prend un simple antalgique que lui a prescrit son médecin et qui n'entraîne aucun effet d'accoutumance.

C'est faux. Les cachets sans effets d'accoutumance n'ont pas marché.

– Elle est trop maigre, fait remarquer Carrie.

– C'est la vodka, dis-je. Ça remplit bien l'estomac.

– Elle ne peut pas s'alimenter quand elle a ses crises, rectifie maman. Les migraines lui donnent des nausées.

– Bess t'a fait ta tarte aux myrtilles préférée, me dit Carrie.

Elle serre à nouveau maman dans ses bras.

– Je vous trouve bien tactiles, toutes les deux, dis-je. Vous ne vous embrassiez jamais comme ça, avant.

Tante Carrie m'enlace à mon tour. Elle dégage un parfum citronné et très cher. Voilà tellement longtemps que je ne l'ai pas revue.

Le trajet pour sortir du port est glacial et agité. Je me suis assise à l'arrière du bateau, et maman est restée debout à côté de sa sœur derrière le volant. Je laisse ma main traîner dans l'eau, provoquant des gerbes d'écume qui éclaboussent la manche de mon manteau.

Je vais bientôt revoir Gat.

Gat, mon Gat, qui n'est pas mon Gat.

Les maisons. Les petits, les tantes, les Menteurs.

Je vais entendre les cris des mouettes, m'empiffrer de Gadoue, de tartes aux fruits et de glaces maison. Je vais entendre le bruit mat des balles de tennis, les aboiements des chiens, l'écho de ma propre respiration dans mon tuba. Nous ferons des feux de camp qui sentiront la cendre.

Me sentirai-je encore chez moi ?

Bientôt, les contours familiers de Beechwood se dessinent devant nous, surgissant de la mer. La première maison qui apparaît est Windemere, avec ses toits pointus. La fenêtre située la plus à droite est celle de la chambre de maman, avec ses éternels rideaux bleu pâle. Ma propre chambre donne sur l'intérieur des terres.

Carrie contourne la pointe et j'aperçois alors Cuddledown, construite sur la partie la plus basse de l'île, tout en rondeurs encastrées. Une crique sableuse et escarpée – la petite plage – se niche en contrebas, au pied d'un long escalier en bois.

Le paysage se transforme à mesure que nous longeons la rive ouest de l'île. J'ai du mal à voir Red Gate entre les arbres, mais je distingue ici et là les taches rouges de ses moulures extérieures. Vient ensuite la grande plage, desservie par un second escalier en bois.

Clairmont trône au sommet de l'île et offre une vue sur mer de trois côtés. Je me dévisse le cou pour apercevoir sa tourelle familière, mais elle n'est plus là. Les arbres qui ombrageaient la grande pelouse en pente – disparus, eux aussi. Au lieu de la majestueuse villa victorienne avec ses six chambres à coucher, sa véranda et sa cuisine campagnarde, au lieu de la maison où grand-père passe tous ses étés depuis toujours, je découvre une espèce de construction moderne et lustrée, perchée sur une colline rocailleuse. Il n'y a qu'un jardin japonais d'un côté, et les rochers de l'autre. Une bâtisse de métal et de verre. Glaciale.

Carrie coupe le moteur, ce qui facilite la conversation.

– Voici New Clairmont, déclare-t-elle.

– Ce n'était encore que des échafaudages, l'an dernier. Je n'aurais jamais cru qu'il supprimerait la pelouse, commente maman.

– Attends de voir l'intérieur. Les murs sont nus. Quand nous sommes arrivés hier, son frigo était vide, à l'exception de quelques pommes et d'une grosse tranche de *havarti*.

– Depuis quand est-ce qu'il aime ça ? s'étonne maman. Ce n'est même pas un bon fromage.

– Il ne sait pas faire les courses. Ginny et Lucille, la nouvelle cuisinière, obéissent scrupuleusement à ses instructions. Il se nourrit presque uniquement de tartines de fromage. Mais je leur ai fait une liste longue comme le bras hier, et elles sont allées au marché d'Edgartown. Nous avons de quoi tenir plusieurs jours, à présent.

Maman frissonne.

– Je suis contente qu'on soit de retour toutes les deux.

J'observe la nouvelle maison pendant qu'elles continuent à papoter. Je savais que grand-père avait entrepris des travaux de rénovation ; maman et lui avaient évoqué sa nouvelle cuisine lors de sa récente visite chez nous. Le frigo et le congélateur, le tiroir chauffant, l'étagère à épices.

Je n'avais pas compris qu'il avait fait démolir l'ancienne villa. Que la pelouse avait disparu. Et les arbres avec – surtout le vieil érable avec sa balançoire. Il devait être centenaire.

Une vague s'élève devant nous, bleu foncé, jaillissant de la mer telle une baleine. Elle se dresse devant moi. Je sens ma nuque se raidir, ma gorge se nouer. Je me recroqueville sous le poids de l'eau. Le sang afflue vers ma tête. Je me noie.

Le temps d'un instant, la pensée de ce cher vieil érable et de son pneu-balançoire me remplit d'une tristesse immense, insupportable. Nous n'avons jamais dit à cet arbre à quel point nous l'aimions. Nous ne lui avons jamais donné de nom, n'avons jamais rien fait pour lui. Il aurait pu rester encore longtemps parmi nous.

J'ai froid, tellement froid.

– Cadence ?

Maman se penche vers moi.

J'agrippe sa main.

– Sois normale. Immédiatement.

– Quoi ?

– Parce que tu l'es. Parce que tu peux l'être.

OK. OK. C'était juste un arbre.

Juste un arbre avec un pneu-balançoire que j'adorais.

– Pas de scandale, me chuchote maman. Respire un bon coup et redresse-toi.

Je m'exécute dès que je m'en sens physiquement capable, comme je l'ai toujours fait.

Tante Carrie détourne notre attention en reprenant la parole d'une voix enjouée :

– Le nouveau jardin est agréable, une fois qu'on s'y est habitué. Il y a un coin spécialement aménagé pour prendre l'apéritif. Taft et Will y dénichent des cailloux exceptionnels pour leur collection.

Elle fait pivoter le bateau face au rivage et, soudain, je vois mes Menteurs qui m'attendent. Non pas sur le ponton, mais près de la clôture délabrée qui longe le sentier circulaire.

Mirren, un pied nonchalamment appuyé contre la barrière, me fait de grands signes joyeux de la main, ses cheveux fouettés par le vent.

Mirren. Le sucre. La curiosité et la pluie.

Johnny bondit sur place en faisant la roue.

Johnny. La vitalité. La persévérance et le sarcasme.

Gat, mon Gat, dans une vie antérieure – lui aussi est venu m'accueillir. Il se tient un peu à l'écart des piquets de la clôture, sur la colline rocheuse qui mène désormais vers New Clairmont. Il m'adresse des signaux compliqués avec ses bras comme si j'étais censée y déchiffrer une sorte de message codé. Il est la contemplation et l'enthousiasme. L'ambition et le café noir.

Bienvenue, me disent-ils. Te voilà de retour chez toi.

24

Les Menteurs ne descendent pas sur le ponton quand nous accostons, pas plus que tante Bess et grand-père. Il n'y a que les petits : Will et Taft, Liberty et Bonnie.

Les deux cousins, âgés de dix ans à présent, se bagarrent et se donnent des coups de pied. Taft accourt vers moi et m'agrippe le bras. Je le soulève et le fais tournoyer en l'air. Il est d'une légèreté étonnante, comme si son petit corps moucheté de son abritait l'ossature d'un oiseau.

– Alors, ça va mieux ? dis-je.

– On a des barres glacées dans le congélateur ! s'écrie-t-il. De trois sortes différentes !

– Sérieux, Taft. Tu avais l'air paniqué au téléphone, hier soir.

– Mais non.

– Mais si.

– Mirren m'a lu une histoire. Puis j'ai dormi. Même pas peur.

Je lui ébouriffe ses cheveux couleur de miel.

– Ce n'est qu'une vieille baraque. Beaucoup de maisons peuvent faire peur, la nuit, mais elles redeviennent gentilles dès le matin.

– On dort plus à Cuddledown, de toute manière, m'explique Taft. Maintenant, on habite à New Clairmont avec grand-père.

– Ah bon ?

– Il ne faut pas qu'on mette de bazar et qu'on fasse les idiots. On a déjà déménagé nos affaires. Will a attrapé trois méduses sur la grande plage, et aussi un crabe mort. Tu voudras aller les voir ?

– Bien sûr.

– Il a le crabe dans sa poche, mais les méduses sont dans un seau d'eau, me lance-t-il avant de partir en courant.

Je traverse l'île avec maman jusqu'à Windemere, un trajet de quelques minutes à peine le long de la promenade en bois. Les jumelles nous aident à transporter nos bagages.

Grand-père et tante Bess sont dans la cuisine. Il y a des bouquets de fleurs sauvages dans des vases, et Bess est en train de récurer un évier à l'aide d'une éponge métallique pendant que grand-père est plongé dans la lecture du *Martha's Vineyard Times*.

Bess est plus douce que ses sœurs, et plus blonde aussi, mais elle sort indéniablement du même moule. Elle porte un jean blanc, un haut bleu marine en coton et des bijoux en diamants. Elle enlève ses gants en caoutchouc avant d'embrasser maman et de me serrer un peu trop longtemps et trop fort contre elle, comme si elle se raccrochait à une sorte de message secret enfoui au fond de moi. Elle sent le produit désinfectant et le vin.

Grand-père se lève, mais attend que Bess ait terminé ses effusions avant de venir nous rejoindre.

– Tiens, bonjour, Mirren, dit-il d'un ton jovial. Quel plaisir de te revoir.

– Il fait ça tout le temps, explique Carrie. Il appelle Mirren des gens qui ne sont pas Mirren.

– Je sais que ce n'est pas Mirren, rétorque grand-père.

Les adultes discutent entre eux, et je me retrouve seule avec les jumelles. Elles semblent mal à l'aise dans leurs Crocs et leurs robes de plage. Elles doivent avoir quatorze ans, à présent. Elles ont les jambes musclées et les yeux bleus de Mirren, mais leurs traits semblent crispés.

– T'as les cheveux noirs, commente Bonnie. On dirait un vampire mort.

– Tais-toi ! la réprimande Liberty.

– Enfin, c'est redondant de toute manière puisque les vampires sont morts, poursuit Bonnie. Mais ils ont des cernes sous les yeux et la peau blanche, comme toi.

– Sois gentille avec Cady, lui glisse sa sœur dans un souffle. C'est maman qui nous l'a demandé.

– Mais c'est gentil, ce que je dis. Les vampires sont souvent très sexy. C'est bien connu.

– Je t'ai dit que je ne voulais plus entendre parler de tes histoires glauques cet été. C'était déjà limite, hier soir. (Liberty se tourne vers moi.) Bonnie est obsédée par les trucs morts. Elle ne lit que des bouquins là-dessus, et après elle se plaint de ne pas pouvoir dormir. C'est pénible quand on partage la même chambre.

Elle m'explique tout cela sans me regarder une seule fois.

– Je voulais juste parler des cheveux de Cady, soupire sa sœur.

– T'es pas obligée de lui dire qu'elle a l'air morte.

– Rassure-toi, dis-je à Bonnie. Je me fiche pas mal de ce que tu penses, donc tout va bien.

25

La famille repart vers New Clairmont, si bien que maman et moi restons seules à Windemere pour défaire nos bagages. Je jette mon sac dans un coin et pars à la recherche des Menteurs.

Soudain, ils me tombent dessus comme une portée de chiots. Mirren m'attrape par les mains et me fait tournoyer. Johnny attrape Mirren, Gat attrape Johnny, on s'attrape les uns les autres et on saute en l'air. Puis on se lâche les mains et on entre dans Cuddledown.

Mirren m'explique à quel point elle est contente que Bess et les petits habitent avec grand-père cet été. Il ne peut plus vivre seul. Et Bess est insupportable avec son obsession du ménage. Mais surtout, ça veut dire que les Menteurs auront Cuddledown pour eux tout seuls. Gat déclare qu'il va préparer du thé brûlant, son nouveau péché mignon. Johnny le traite de prétentieux. On suit Gat dans la cuisine. Il met de l'eau à chauffer.

C'est un tourbillon, tous à parler en même temps et à se chamailler joyeusement, comme au bon vieux temps. Gat n'a pas eu un seul regard pour moi, cela dit.

Moi, je ne peux détacher mes yeux de lui.

Il est tellement beau. Tellement Gat. Je connais par cœur la courbe de sa lèvre inférieure, la vigueur de ses épaules. Son tee-shirt toujours enfoncé à la va-vite dans son jean, le talon usé de ses chaussures, sa manie de tripoter inconsciemment la cicatrice en travers de son arcade sourcilière.

Je suis si en colère. Et si heureuse de le revoir.

Je suppose qu'il a tourné la page, comme le ferait n'importe quelle personne normale et équilibrée. Gat ne vient pas de passer les deux dernières années de sa vie ravagé par les migraines et l'autoapitoiement. Il est sorti avec des New-Yorkaises qui portent des ballerines, il les a emmenées manger chinois et voir des concerts. S'il n'est plus avec Raquel, il s'est sans doute trouvé une autre copine, voire deux ou trois.

– Tes cheveux ont changé, me dit Johnny.

– Ouais.

– Ça te va bien, commente Mirren d'un ton adorable.

– Qu'est-ce qu'elle est grande, lâche Gat tout en s'affairant au milieu des boîtes de thé au jasmin, Earl Grey et autres. T'étais déjà grande comme ça, avant, Cady ?

– Ça s'appelle la croissance, dis-je. Je n'y suis pour rien.

Il y a deux ans, Gat me dépassait de plusieurs centimètres. Aujourd'hui, nous faisons à peu près la même taille.

– Je n'ai rien contre, dit-il tout en s'obstinant à ne pas me regarder. Tant que tu ne me dépasses pas.

Ne serait-il pas en train de me draguer, un peu ?

Si.

– Johnny me laisse être le plus grand, poursuit-il. Il n'en fait pas toute une histoire.

– Comme si j'avais le choix, grogne l'intéressé.

– C'est quand même notre Cady, intervient Mirren. Elle doit nous trouver différents, nous aussi.

Pas du tout. Ils n'ont pas changé d'un poil. Gat et son sempiternel tee-shirt vert délavé, le même qu'il y a deux ans. Son sourire vif-argent, sa façon de se pencher en avant, son nez taillé à la serpe.

Johnny, toujours aussi large d'épaules, dans son jean et sa chemise rose à carreaux tellement usée que les ourlets s'effilochent ; les ongles rongés, les cheveux coupés en brosse.

Mirren, digne d'un tableau préraphaélite, avec le menton carré des Sinclair. Sa longue chevelure épaisse est enroulée en chignon et elle porte un short complété d'un simple haut de bikini.

C'est rassurant. Je les aime tant.

Seront-ils contrariés que je ne me rappelle plus rien, même les détails les plus basiques, rapport à mon accident ? J'ai oublié la plupart des événements de l'été quinze. Je me demande si les tantes leur ont parlé de mon cas.

Je ne veux pas qu'ils me considèrent comme une personne malade. Ou qui n'a plus toute sa tête.

– Parle-nous de la fac, dit Johnny, assis sur le plan de travail. Tu vas où, à la rentrée ?

– Nulle part.

Cette vérité-là, impossible de la dissimuler. Je m'étonne qu'ils ne soient pas déjà au courant.

– Hein ?

– Pourquoi ça ?

– J'ai dû redoubler mon année de première. J'ai raté trop de cours après mon accident.

– La poisse ! s'écrie Johnny. C'est vraiment pas de bol. Tu peux pas prendre des cours de rattrapage pendant les vacances ?

– C'était ça, ou venir ici. De toute manière, j'aurai plus de chances d'entrer à la fac si je m'inscris en ayant validé toutes mes matières en contrôle continu.

– Quelles études tu voudrais faire ? me demande Gat.

– Parlons d'autre chose.

– Mais on veut savoir, insiste Mirren. Allez, quoi !

– Sérieusement, dis-je. Changeons de sujet. Comment va ta vie amoureuse, Johnny ?

– Ça aussi, c'est la poisse.

Je hausse les sourcils.

– Avec un physique avantageux comme le mien, c'est toujours compliqué, ricane-t-il.

– J'ai un petit ami qui s'appelle Drake Loggerhead, déclare soudain Mirren. Il entre à l'université de Pomona, comme moi. On a eu plusieurs fois des rapports intimes, mais toujours avec préservatifs. Il m'offre des roses jaunes chaque semaine et il a une superbe musculature.

Johnny recrache son thé. Gat et moi éclatons de rire.

– Drake Loggerhead ? demande Johnny.

– Oui, fait Mirren. Qu'est-ce qu'il y a de si drôle ?

– Rien.

Johnny secoue la tête.

– Ça fait cinq mois qu'on sort ensemble, poursuit-elle. Il est parti en camp sportif tout l'été, alors il sera encore plus musclé pour nos retrouvailles !

– Tu ne dis pas ça sérieusement, fait Gat.

– OK, j'exagère un peu, avoue Mirren. Mais je l'aime.

Je presse sa main. Je me réjouis qu'elle soit tombée amoureuse.

– Tu as intérêt à me briefer sur le volet des rapports intimes, lui dis-je sur le ton de la menace.

– Dès qu'on sera seules, promet-elle. Tu sauras tout.

On laisse nos tasses de thé en plan et on descend jusqu'à la petite plage. On retire nos chaussures et on remue nos orteils dans le sable parsemé de coquillages minuscules.

– Je refuse de dîner à New Clairmont, annonce Mirren. Et aussi d'y prendre le petit déjeuner. De tout l'été.

– Pourquoi ? dis-je.

– C'est au-dessus de mes forces. Les tantes. Les petits. Grand-père. Il a perdu la boule, tu sais.

J'acquiesce.

– Ça fait trop de monde. J'ai juste envie de passer du temps ici, avec vous. Je ne mettrai pas les pieds dans ce nouveau bunker glacial. Ils pourront très bien se passer de moi.

– Pareil, dit Johnny.

– Pareil, dit Gat.

Je réalise que leur décision était prise avant même mon arrivée.

26

Mirren et Johnny entrent dans l'eau avec leurs masques, leurs tubas et leurs épuisettes. Ils cherchent des homards. Ils risquent sans doute de ne trouver que des crabes et des méduses, mais ça ne nous a jamais empêchés de faire de la plongée sur la petite plage.

Gat est assis à côté de moi sur une couverture en batik. On observe les autres sans rien dire.

Je ne sais pas comment lui parler.

Je l'aime.

Il s'est comporté comme un mufle.

Je ne devrais pas l'aimer. Je suis idiote de l'aimer encore. Je ferais mieux de l'oublier.

Peut-être me trouve-t-il encore jolie. Malgré mes cheveux noirs et mes yeux cernés. Peut-être.

Les muscles de son dos se raidissent sous son tee-shirt. La courbe de sa nuque, l'arrondi délicat de son oreille. Un petit grain de beauté niché au creux de son cou, sur le côté. Les demi-lunes de ses ongles. Je le bois du regard après notre longue séparation.

– Ne regarde pas mes pieds de troll, déclare-t-il soudain.

– Pardon ?

– Ils sont immondes. Un troll s'est glissé dans ma chambre pendant la nuit, m'a volé mes pieds humains et m'a laissé ses gros panards poilus à la place.

Il enfouit ses pieds sous une serviette pour les cacher.

– Maintenant, tu connais la vérité.

Je suis soulagée qu'on puisse simplement parler de trucs aussi futiles.

– T'as qu'à mettre des chaussures.

– Jamais à la plage.

Il sort ses pieds de sous la serviette. Ils sont tout à fait normaux.

– Je dois faire comme si de rien n'était jusqu'à ce que je remette enfin la main sur ce troll. Alors, je l'assassinerai à mort et je pourrai récupérer mes pieds. Tu as des armes ?

– Non.

– Allez, un petit effort.

– Heu… il y a un tison près de la cheminée à Windemere.

– Parfait. Dès qu'on croise mon troll, on l'assassine à mort avec ton tison.

– Si ça te fait plaisir.

Je m'allonge sur la couverture et pose un bras en travers de mes yeux. Le silence se réinstalle entre nous pendant quelques instants.

– Les trolls sont des êtres nocturnes, finis-je par ajouter.

– Cady ? murmure Gat.

Je me tourne vers lui, nos regards se croisent.

– Oui ?

– Je n'espérais pas qu'on se reverrait un jour.

– Pardon ?

Il est si près de moi qu'on pourrait s'embrasser.

– J'ai cru ne plus jamais te revoir. Après tout ce qui s'est passé, et voyant que tu n'étais pas là l'an dernier…

Pourquoi ne m'as-tu pas écrit ? ai-je envie de lui rétorquer. Pourquoi ne m'as-tu pas appelée, pendant tout ce temps ?

Il effleure mon visage.

– Je suis très heureux que tu sois là. J'ai beaucoup de chance.

Je ne comprends pas ce qui se passe entre nous. Vraiment pas. Quel sale mufle.

– Donne-moi la main, dit-il.

Je ne suis pas sûre de le vouloir.

Mais en même temps, j'en meurs d'envie.

Sa peau est chaude, sablonneuse. Nous entrelaçons nos doigts et fermons les yeux pour nous protéger du soleil.

Nous restons là sans bouger. À nous tenir la main. Il caresse le creux de ma paume avec le pouce comme il y a deux ans, sous les étoiles.

Et je me sens fondre.

27

Ma chambre à Windemere est tout en lambris, avec de la peinture crème. Une couverture verte en patchwork fait office de dessus-de-lit. Au sol, une simple natte de coton comme on en voit dans les auberges campagnardes.

Tu étais là il y a deux ans, me dis-je intérieurement. Ici, dans cette chambre. En t'endormant le soir. Et chaque matin à ton réveil.

Sans doute en train de lire, de jouer sur ta tablette, de choisir tes vêtements. De quoi te souviens-tu ?

De rien.

Les délicates reproductions botaniques accrochées aux murs côtoient certaines de mes œuvres d'enfance : une reproduction à l'aquarelle de l'érable qui trônait jadis au milieu de la pelouse de Clairmont, et deux portraits au pastel – l'un de mamie Tipper en compagnie de ses chiens, Prince Philip et Fatima, et l'autre de mon père. Je sors ma panière à linge du placard, détache tous les dessins des murs et les range dans la corbeille en osier.

J'ai une étagère entière de livres de poche, de romans ado ou fantasy que je dévorais il y a quelques années. Des histoires pour gamins que j'ai lues et relues des centaines de fois. Je les prends et les empile dans le couloir.

– Tu donnes tes livres ? Toi qui adores lire ? objecte maman en sortant de sa chambre.

Elle s'est changée pour le dîner. Elle a mis du rouge à lèvres.

– On pourrait les offrir à l'une des bibliothèques de Martha's Vineyard. Ou à Goodwill.

Maman se penche et feuillette l'un de mes vieux bouquins.

– Nous avons lu *Ma sœur est une sorcière* ensemble, tu te souviens ?

Je fais oui de la tête.

– Et celui-là aussi : *Les Neuf Vies du magicien*. L'année de tes huit ans. Tu avais envie de tout lire, mais tu n'étais pas encore assez bonne lectrice, alors je vous faisais la lecture, à Gat et toi, pendant des heures.

– Et Johnny et Mirren ?

– Ils ne tenaient pas en place, se souvient maman. Tu n'as pas envie de garder ceux-là ?

Elle me touche la joue. J'ai un mouvement de recul.

– Je veux que ces objets trouvent un meilleur foyer, dis-je.

– J'espérais que tu changerais d'état d'esprit en revenant ici.

– Toi-même, tu t'es débarrassée des affaires de papa. Tu as acheté un canapé neuf, de nouvelles assiettes, de nouveaux bijoux !

– Cady.

– Il n'y a plus aucune trace de sa présence dans notre maison… sauf moi. Pourquoi aurais-tu le droit d'effacer mon père et n'aurais-je pas le droit, moi, de…

– T'effacer toi-même ? me lance maman.

– Ces romans peuvent servir à d'autres, dis-je d'un ton sec en les désignant. Des gens qui en ont vraiment besoin. Tu n'as jamais envie de faire le bien autour de toi, de temps en temps ?

Au même moment, Poppy, Bosh et Grendel grimpent précipitamment l'escalier et déboulent à toute vitesse dans le couloir pour venir nous renifler les mains, agitant joyeusement leurs queues contre nos genoux.

Maman et moi, on ne dit plus rien.

Jusqu'au moment où elle finit par déclarer :

– Si tu aimes passer tes après-midi à rêvasser sur la petite plage, soit. Si tu ressens le besoin vital de donner tes livres pour faire une bonne action, soit. Mais je compte sur toi au dîner dans une heure à New Clairmont avec ton plus beau sourire pour faire plaisir à grand-père. Je ne veux entendre aucune protestation. Et aucune excuse ne sera acceptée. Me suis-je bien fait comprendre ?

Je fais oui de la tête.

28

Je tombe sur un bloc de feuilles datant d'il y a deux ans, quand Gat et moi étions dans notre phase papier millimétré. On dessinait pendant des heures en remplissant les cases minuscules aux crayons de couleur pour s'amuser à faire des portraits pixélisés.

Je m'empare d'un stylo et me mets à noter tout ce dont je me souviens de l'été quinze.

Les sandwichs à trois étages, la baignade. Le grenier, l'interruption.

La main de Mirren, son vernis doré et écaillé, portant un jerrican d'essence pour bateau.

Maman, les traits crispés, demandant : « Les perles noires ? »

Les pieds nus de Johnny dévalant les marches depuis Clairmont vers le hangar à bateau.

Grand-père debout contre un arbre, le visage éclairé par les flammes d'un feu de joie.

Et nous, les Menteurs, pliés de rire au point d'en avoir mal au ventre et mal au cœur.

Je consacre une page séparée à l'accident lui-même. Ce que m'a raconté maman, et mes propres hypothèses. J'ai dû aller nager seule sur la petite plage. Ma tête a dû heurter un rocher. J'ai dû réussir à revenir tant bien que mal jusqu'au rivage. Tante Bess et maman m'ont préparé du thé. On m'a diagnostiqué une hypothermie générale, des problèmes respiratoires et un traumatisme crânien qui n'est pourtant apparu sur aucun scanner.

Je colle la feuille au mur au-dessus de mon lit. J'y ajoute des Post-it avec des questions.

Pourquoi suis-je allée me baigner seule en pleine nuit ?

Où étaient passés mes vêtements ?

Me suis-je vraiment cogné la tête en nageant, ou bien m'est-il arrivé autre chose ? M'a-t-on frappée avant que j'aille me baigner ? Ai-je été la victime d'un acte violent ?

Et que s'est-il passé entre Gat et moi ? S'est-on disputés ? Lui ai-je fait du tort ?

A-t-il cessé de m'aimer pour retourner auprès de Raquel ?

Je décide solennellement de consigner ici tous les indices que je découvrirai au cours des quatre prochaines semaines. Je dormirai sous mes notes et je les étudierai chaque matin au réveil.

Peut-être une image émergera-t-elle des pixels.

Une sorcière se tenait derrière moi depuis quelque temps, à guetter un moment de faiblesse de ma part. Elle tient à la main une statue en ivoire représentant une oie. Les détails sont finement sculptés. Je me retourne et j'ai à peine le temps de l'admirer que la sorcière la brandit avec une force stupéfiante pour l'abattre sur mon crâne. L'objet me heurte en plein front. Je sens mes os se fendiller. La sorcière lève à nouveau la statue, me frappe juste au-dessus de l'oreille droite et me fracasse le crâne. Elle continue à me frapper, encore et encore, jusqu'à ce que mon lit soit jonché d'un millier de débris d'os et d'ivoire.

Je trouve mes cachets à tâtons dans le noir et rallume la lumière.

– Cadence ?

Maman m'appelle depuis le couloir.

– Le dîner est servi à New Clairmont.

Je ne peux pas y aller.

Non. Je n'irai pas.

Maman me promet une tasse de café pour m'aider à émerger du brouillard provoqué par les cachets. Elle me dit de penser à mes tantes qui ne m'ont pas revue depuis si longtemps, aux petits qui sont eux aussi mes cousins. J'ai des obligations familiales.

Je ne sens que la fracture dans ma boîte crânienne et la douleur qui se diffuse dans mon cerveau. Tout le reste me fait l'effet d'un vague décor à l'arrière-plan de cette réalité.

Maman finit par aller dîner sans moi.

29

Au milieu de la nuit, la maison se met à trembler et à vibrer – comme ce qui effrayait Taft à Cuddledown. Toutes les maisons de l'île font ce bruit. Elles sont vieilles, battues par le vent du large.

J'essaie de me rendormir.

Impossible.

Je descends l'escalier pour m'asseoir sous le porche. Ma tête va mieux, à présent.

Tante Carrie marche au loin sur la promenade, en chemise de nuit et bottes fourrées. Elle semble particulièrement maigre avec ses clavicules saillantes, ses joues creuses.

Elle bifurque et s'éloigne en direction de Red Gate.

Je reste là sans bouger, à la suivre du regard. Je respire l'air de la nuit en écoutant le bruit des vagues. Quelques minutes plus tard, Carrie réapparaît sur la promenade, cette fois en provenance de Cuddledown.

– Cady, dit-elle en s'arrêtant soudain, les bras croisés. Tu te sens mieux ?

– Désolée d'avoir manqué le dîner. J'avais la migraine.

– Il y aura d'autres occasions de dîner, tous les soirs, pendant l'été.

– Tu ne dors pas ?

– Oh, tu sais… (Elle se gratte le cou.) J'ai du mal à dormir sans Ed. C'est idiot, hein ?

– Pas du tout.

– Du coup, je me balade sur l'île. Ça me fait prendre l'air. Tu n'aurais pas vu Johnny ?

– Pas en pleine nuit.

– Il est debout en même temps que moi, parfois. Tu l'as vu ?

– Tu n'as qu'à vérifier si sa lumière est allumée.

– Will fait des cauchemars terribles, poursuit Carrie. Il se réveille en hurlant, et je n'arrive plus à me rendormir après.

Je frissonne dans mon sweat-shirt.

– Tu veux une lampe de poche ? On en a une, derrière la porte.

– Oh, non. J'aime l'obscurité.

Elle repart vers le sommet de la colline.

30

Maman est avec grand-père dans la cuisine de New Clairmont. Je les vois à travers les portes coulissantes de la baie vitrée.

– Tu es debout de bonne heure, me dit-elle à mon arrivée. Ça va mieux ?

Grand-père est drapé dans son peignoir à carreaux. Maman porte une robe bain de soleil imprimée de petits homards roses. Elle est en train de faire du café.

– Tu veux des scones ? La cuisinière a préparé du bacon, aussi. Tout est dans le tiroir chauffant.

Elle traverse la cuisine pour aller ouvrir aux chiens. Bosh, Grendel et Poppy agitent la queue en bavant. Maman se penche pour leur essuyer les pattes avec un chiffon humide avant de nettoyer machinalement leurs empreintes boueuses sur le carrelage. Ils restent assis là, l'air à la fois bêtes et adorables.

– Où est Fatima ? dis-je. Et Prince Philip ?

– Partis, me répond maman.

– Sois gentille avec ta fille, lui lance grand-père. (Il se tourne vers moi.) Ils sont morts.

– Tous les deux ?

Il confirme d'un hochement de tête.

– Comme c'est triste.

Je les rejoins à table.

– Est-ce qu'ils ont souffert ?

– Pas longtemps.

Maman m'apporte des scones à la framboise, du bacon. Je prends un scone, le tartine de beurre et de miel.

– Dire que c'était une blondinette, autrefois. Une vraie Sinclair, des pieds à la tête, grommelle grand-père.

– Nous en avons déjà parlé quand tu es venu nous voir, dis-je. Je ne te demande pas d'aimer mon nouveau look. Les grands-pères désapprouvent les cheveux teints, c'est bien connu.

– Tu es sa mère, dit-il à maman. C'est à toi d'insister auprès de Mirren pour qu'elle retrouve sa couleur naturelle. Où sont donc passées les petites filles blondes qui gambadaient sur cette île ?

Maman soupire.

– Nous avons grandi, papa. C'est comme ça.

31

À céder : œuvres d'art enfantines et reproductions botaniques.

Je prends mon panier à linge et me rends à Cuddledown. Mirren m'accueille sous le porche en sautillant.

– C'est tellement génial d'être sur l'île ! s'exclame-t-elle. Je n'en reviens toujours pas d'être revenue !

– Tu étais là l'an dernier.

– C'était différent. Rien à voir avec nos étés paradisiaques de d'habitude. Il y avait les travaux de rénovation en cours à New Clairmont. Tout le monde avait le cafard et j'ai guetté ton arrivée en vain.

– Je t'ai dit que je faisais un voyage en Europe.

– Oui, je sais.

– Je t'ai écrit plein de fois, dis-je.

Ces mots sortent malgré moi sur un ton de reproche.

– Je déteste les e-mails, marmonne Mirren. J'ai lu tous tes messages, tu sais. Ne m'en veux pas de ne pas avoir répondu. Pour moi, c'est comme de faire mes devoirs. Taper des mots, fixer l'écran débile de mon portable ou de mon ordi...

– Tu as reçu la poupée que je t'ai envoyée ?

Elle m'enlace d'un bras.

– Tu m'as tellement manqué. Tu n'imagines pas à quel point.

– Je t'ai envoyé ma Barbie. Celle avec les longs cheveux pour laquelle on se disputait sans arrêt.

– Princesse Bouton-d'Or ?

– Oui.

– Je l'adorais.

– Tu m'as frappée avec, une fois.

– Tu l'avais bien cherché !

Elle fait de petits bonds de joie.

– Elle est à Windemere ?

– Tu es sérieuse ? Bien sûr que non. Je te l'ai envoyée par la poste. L'hiver dernier.

Mirren fronce les sourcils.

– Je ne l'ai jamais reçue, Cadence.

– Pourtant, quelqu'un a signé le bordereau de livraison. Qu'est-ce que ta mère a bien pu faire du colis ? Le jeter au fond d'un placard sans même l'ouvrir ?

Je dis ça pour rire, mais Mirren acquiesce.

– Ça se pourrait bien. Elle a parfois des réactions compulsives. Par exemple, elle se lave les mains sans arrêt. Elle oblige Taft et les jumelles à faire pareil. Elle passe son temps à faire le ménage, comme s'il fallait briquer son carrelage pour avoir le droit de monter au paradis. Et elle est un peu trop portée sur la bouteille.

– Ma mère aussi.

Elle secoue la tête.

– Je ne peux même pas la regarder.

– J'ai raté quelque chose au dîner, hier soir ?

– Je n'y suis pas allée.

Mirren se dirige vers la promenade menant de Cuddledown à la petite plage. Je lui emboîte le pas.

– Je t'ai dit que je ne comptais pas y mettre les pieds de tout l'été. Pourquoi tu n'es pas venue, l'an dernier ?

– J'étais très malade.

– On est au courant pour tes migraines, dit-elle. Les tantes en ont beaucoup parlé.

Je frémis.

– Ne commence pas à me plaindre, OK ? Surtout pas. J'ai horreur de ça.

– Tu n'avais pas pris tes médicaments, hier soir ?

– Si, ça m'a assommée.

Nous voici arrivées sur la petite plage. On marche pieds nus dans le sable humide. Mirren touche la carapace d'un crabe mort depuis des lustres.

J'aimerais lui expliquer que ma mémoire est en miettes, que j'ai eu un traumatisme crânien. Lui demander de m'expliquer ce qui s'est passé pendant l'été quinze. De me raconter tout ce que maman ignore ou refuse de me dire. Mais c'est Mirren, tellement radieuse. Je ne voudrais pas qu'elle me prenne encore plus en pitié.

En outre, j'avoue que je lui en veux encore de n'avoir répondu à aucun de mes messages – sans parler de cette stupide Barbie perdue dans la nature, bien qu'elle n'y soit sans doute pour rien.

– Est-ce que Johnny et Gat habitent à Red Gate, ou bien ont-ils dormi à Cuddledown ? dis-je.

– À Cuddledown. Quels ploucs, ces deux-là. J'ai l'impression de cohabiter avec des gobelins.

– Tu n'as qu'à les renvoyer à Red Gate.

– Impossible, dit-elle en riant. Quant à toi... adieu, Windemere, OK ? Tu viens habiter avec nous.

Je secoue la tête.

– Maman est contre. Je lui ai demandé ce matin.

– Insiste, il faut qu'elle accepte !

– Elle ne me lâche plus d'une semelle depuis que je suis tombée malade.

– Mais ça fait presque deux ans !

– Je sais. Elle me regarde dormir. Elle m'a aussi ordonné de passer du temps avec grand-père et les petits. Il faut que je renoue avec la famille. Que j'affiche mon plus beau sourire.

– N'importe quoi.

Mirren me montre une poignée de petits cailloux violets qu'elle vient de ramasser.

– Tiens, pour toi.

– Non merci. Je ne veux plus m'encombrer de choses inutiles.

– Prends-les, je t'en prie. Je me souviens que tu cherchais toujours des cailloux violets quand on était petites.

Elle me tend sa paume de main.

– Pour me faire pardonner la perte de princesse Bouton-d'Or.

Des larmes brillent dans ses yeux.

– Et tes e-mails, ajoute-t-elle. Je tiens à te faire un cadeau, Cady.

– Dans ce cas, c'est d'accord.

Je fais une coupe avec mes mains et laisse Mirren y déposer les cailloux. Puis je les glisse dans la poche avant de mon sweat à capuche.

– Oh, je t'aime ! s'écrie-t-elle avant de se retourner face à l'océan. J'aime ma cousine, Cadence Sinclair Eastman !

– T'en fais pas un peu trop ?

C'est Johnny qui descend les marches, pieds nus dans son vieux pyjama à rayures. Il porte des lunettes de soleil enveloppantes et une bonne couche d'écran total sur le nez, façon maître nageur.

Le visage de Mirren s'affaisse, mais quelques secondes à peine.

– J'exprime mes sentiments, Johnny. Comme tout être humain normalement constitué ! C'est mon droit, non ?

– OK, être humain normalement constitué, réplique-t-il en lui cognant légèrement l'épaule. Mais inutile de le faire à plein volume au lever du jour. On a tout l'été devant nous.

Mirren se rembrunit.

– Cady n'est là que pour quatre semaines.

– Je refuse de me disputer avec toi de si bonne heure, déclare Johnny. Je n'ai pas encore bu mon thé prétentieux.

Il se penche et observe le panier posé à mes pieds.

– Il y a quoi, là-dedans ?

– Des reproductions botaniques. Et certaines de mes vieilles œuvres de jeunesse.

– Pourquoi ?

Il va s'asseoir sur un rocher. Je le rejoins.

– Je fais don de tout ce que je possède, dis-je. Depuis le mois de septembre. Tu te souviens de l'écharpe rayée que je t'ai envoyée ?

– Ah, ouais.

Je leur explique le sens de ma démarche : redistribuer les objets à ceux qui en ont besoin, leur trouver de nouveaux foyers d'accueil mieux adaptés. Je parle de générosité, de charité, de ma prise de conscience du matérialisme stérile de ma mère.

Je veux qu'ils me comprennent. Je ne suis pas un pauvre petit être à plaindre, souffrant d'instabilité mentale et de douleurs inexplicables. Je prends ma vie en main. J'applique mes valeurs morales. J'agis et je fais des sacrifices.

– T'as pas envie, genre... d'avoir des trucs à toi ? s'étonne Johnny.

– Quoi, par exemple ?

– Moi, j'ai envie de nouveaux trucs tout le temps ! poursuit-il en écartant les bras. Des voitures. Des jeux vidéo. Des manteaux en laine super chers. J'adore les montres, c'est trop vintage. J'ai envie de vraies œuvres d'art pour décorer ma chambre, des tableaux de peintres célèbres que je ne pourrai jamais avoir même dans un million d'années. Je salive devant les gros gâteaux dans les vitrines des pâtisseries. J'adore les pulls, les écharpes. Tout ce qui existe en laine avec des rayures.

– Tu pourrais juste avoir envie de conserver les beaux dessins que tu as faits quand tu étais petite, renchérit Mirren en s'agenouillant devant la panière. Des choses qui ont une valeur sentimentale.

Elle soulève mon portrait de mamie Tipper.

– Regarde, Fatima et Prince Philip !

– Tu les reconnais ?

– Bien sûr. Fatima avait une grosse truffe ronde et un museau large.

– *Pff.* Qu'est-ce que tu peux être tarte quand tu t'y mets, soupire Johnny.

32

Gat m'appelle alors que je remonte la promenade en direction de New Clairmont. Je me retourne et le vois accourir vers moi, torse nu en pantalon de pyjama.

Gat. Mon Gat.

Redeviendra-t-il mon Gat ?

Il s'arrête devant moi, à bout de souffle. Il a les cheveux en bataille comme quelqu'un qui sort à peine du lit. Ses abdos palpitent, et j'ai l'impression qu'il est encore plus nu que s'il était en maillot de bain.

– Johnny m'a dit que tu étais sur la petite plage, halète-t-il. J'étais parti te chercher là-bas.

– Tu viens de te réveiller ?

Il se frotte la nuque. Baisse les yeux vers sa tenue.

– Si on veut. Il fallait que je te voie.

– Pourquoi ?

– Allons marcher.

On rejoint le petit sentier circulaire et on fait le tour de l'île, comme autrefois, lui devant et moi derrière. On franchit une petite montée, puis on redescend derrière les dépendances, juste en face du port de Martha's Vineyard qui nous apparaît au large, près du hangar à bateau.

Gat se retourne vers moi sans crier gare, et je manque le percuter. Avant que j'aie le temps de reculer, il m'enlace et me serre contre lui, enfouissant son visage dans mon cou. J'enroule mes bras nus autour de son dos. L'intérieur de mes poignets frotte sa colonne vertébrale. Sa peau est chaude.

– Je n'ai pas eu l'occasion de te serrer dans mes bras hier, murmure-t-il. Tout le monde l'a fait, sauf moi.

Son étreinte m'est une sensation à la fois familière et inconnue.

Nous sommes déjà venus à cet endroit.

Et nous n'y sommes jamais venus.

L'espace d'un instant,

d'une poignée de minutes

ou d'heures, peut-être,

je me sens simplement heureuse, ici, avec Gat contre moi. Avec le bruit des vagues et de son souffle dans mon oreille. Heureuse qu'il ait envie de ma présence.

– Tu te souviens de la fois où on est venus ici ? me demande-t-il. Quand on est allés sur ce rocher plat ?

Je me détache de lui et fais un pas en arrière. Parce que je n'en ai aucun souvenir.

Je hais mon putain de cerveau bousillé, mes migraines qui m'assaillent en permanence, ma vie en ruines. Je me hais d'être devenue aussi moche, d'avoir loupé mon année scolaire, d'avoir arrêté le sport et d'être si cruelle envers ma mère. Je me hais d'avoir encore autant envie de lui deux ans après.

Peut-être veut-il sincèrement qu'on se remette ensemble. Oui, peut-être. Mais je crois surtout qu'il espère m'entendre lui dire qu'il n'a rien fait de mal en me laissant tomber il y a deux ans. Il espère m'entendre dire que je ne lui en veux pas. Que je le trouve aussi merveilleux.

Mais comment lui pardonner sans savoir moi-même ce qu'il m'a fait ?

– Non, dis-je. Ça a dû me sortir de la tête.

– On était… toi et moi, je veux dire… C'était un moment très spécial.

– J'ai oublié, alors tant pis. De toute manière, à en juger par le résultat, ça ne devait pas être si important, pas vrai ?

Il regarde fixement ses mains.

– OK. Désolé. C'était un peu décevant de ma part. T'es fâchée ?

– Bien sûr que je suis fâchée. Deux ans sans donner le moindre signe de vie. Pas un coup de fil, pas un message, juste l'absence. Tu n'as fait que remuer le couteau dans la plaie. Et maintenant, tu me fais le coup du *Ooooh, moi qui croyais ne jamais plus te revoir* en me tenant par la main, tu pleurniches que *tout le monde t'a prise dans ses bras sauf moi*, et tu m'emmènes en promenade à moitié nu sur le sentier circulaire. C'est plus que décevant, Gat, pour reprendre le terme que tu viens d'employer.

Ses traits s'affaissent.

– C'est moche, présenté comme ça.

– Ah oui ? C'est comme ça que je le vois.

Il passe sa main dans ses cheveux.

– J'ai pas assuré, sur toute la ligne. T'en penserais quoi si je te demandais de repartir de zéro ?

– Bon sang, Gat...

– Quoi ?

– Vas-y, demande-le-moi. Ne me demande pas ce que je *penserais* si tu me le proposais.

– OK, alors je te le demande : et si on repartait de zéro ? Tu veux bien, Cady ? Commençons juste après le déjeuner. Ça va être dément. Je ferai des blagues amusantes et tu riras. On ira à la chasse aux trolls. On sera heureux de se revoir. Je serai un mec génial, je te le promets.

– C'est une sacrée promesse, quand même.

– OK, peut-être pas génial, mais disons... moins décevant.

– Pourquoi cet euphémisme ? Pourquoi ne pas te décrire tel que tu es vraiment : inconséquent, déstabilisant, manipulateur ?

– C'est pas vrai...

Il se met à sauter sur place, soudain nerveux.

– Cadence ! J'ai vraiment besoin qu'on reprenne les choses au début. Ce n'est même plus décevant, c'est totalement foireux.

Il shoote dans le vide comme un petit garçon en colère.

Ses bonds me font sourire.

– D'accord, dis-je. On efface tout et on recommence. Après le déjeuner.

– Parfait.

Il s'arrête enfin de sauter.

– Après le déjeuner.

On se dévisage sans bouger.

– Je vais partir en courant, maintenant, me prévient-il. Ne le prends pas mal.

– D'accord.

– C'est mieux pour nous deux si je pars en courant. Ça ferait trop bizarre si je marchais.

– J'ai dit d'accord.

– Alors, d'accord.

Et sur ces mots, il disparaît.

33

Une heure plus tard, je me rends à New Clairmont pour le déjeuner. Je sais que maman ne tolérera pas une seconde absence de ma part après l'épisode du dîner d'hier soir. Grand-père me fait visiter la maison pendant que la cuisinière apporte les plats à table et que les tantes réunissent les petits.

C'est chic et moderne. Parquets lustrés, fenêtres immenses, partout des meubles bas. Autrefois, les couloirs de Clairmont étaient tapissés de photos de famille en noir et blanc, de tableaux de nos chiens, de rayonnages de livres et de dessins humoristiques du *New Yorker*. Les couloirs de New Clairmont, eux, sont vitrés d'un côté et dépouillés de l'autre.

Grand-père m'ouvre les portes des quatre chambres d'amis situées à l'étage. Chacune ne comporte qu'un lit et une grande commode basse. Les fenêtres sont doublées de stores blancs qui laissent filtrer une partie de la lumière du jour. Il n'y a pas de motifs sur les dessus-de-lit ; ils sont d'une élégante sobriété, dans les tons bleus ou taupe.

Les chambres des petits sont un peu plus vivantes. Taft a une arène de combat Bakugan déployée par terre, un ballon de foot, des livres racontant des histoires de sorciers et d'orphelins. Liberty et Bonnie se sont acheté des magazines et un lecteur MP3. Bonnie semble avoir accumulé des piles entières de bouquins sur les traqueurs de fantômes, les médiums et les anges maléfiques. Des produits de maquillage et des flacons de parfum jonchent la commode. Des raquettes de tennis sont posées dans un coin.

Grand-père possède de loin la plus grande chambre, en plus de bénéficier de la meilleure vue. Il m'emmène voir sa salle de bains, équipée de poignées murales dans la cabine de douche. Des poignées spéciales troisième âge, pour l'empêcher de tomber.

– Où sont tes dessins du *New Yorker* ? dis-je.

– C'est le décorateur qui a tranché.

– Et les coussins ?

– Les quoi ?

– Les coussins, il y en avait plein. Avec des chiens brodés dessus.

Il secoue la tête.

– Tu as gardé le poisson, au moins ?

– Quoi, l'espadon ?

Nous redescendons au rez-de-chaussée. Grand-père avance à pas lents, je le suis de près.

– Cette maison est un recommencement pour moi, déclare-t-il simplement. Le passé appartient au passé.

Il ouvre la porte de son bureau. La nouvelle décoration est aussi austère que dans le reste de la maison. Un ordinateur portable trône au centre d'une vaste table. Une grande fenêtre donne sur le jardin japonais. Il y a un fauteuil. Un mur d'étagères entièrement vides.

La pièce est épurée et lumineuse, sans être spartiate, car tout y est chic et somptueux.

Grand-père ressemble davantage à maman qu'à moi. Il a effacé son ancienne vie en dépensant de l'argent pour s'en acheter une autre.

– Où est le jeune homme ? me demande-t-il soudain, l'air hagard.

– Johnny ?

Il secoue la tête.

– Non, non.

– Gat ?

– Oui, le jeune homme.

Il s'agrippe quelques instants à son bureau, comme pris de vertiges.

– Grand-père, tu te sens bien ?

– Ça va.

– Gat est à Cuddledown avec Mirren et Johnny, dis-je.

– Je lui avais mis un livre de côté...

– La plupart de tes livres ne sont plus ici.

– Arrête de me dire ce qui n'est plus ici ! s'emporte-t-il, retrouvant soudain sa vigueur.

– Tout va bien, vous deux ?

C'est tante Carrie, debout sur le pas de la porte.

– Oui, tout va bien, lui répond grand-père.

Carrie me jette un regard plein de sous-entendus et le prend par le bras.

– Venez. Le déjeuner est prêt.

– Tu as pu te rendormir, finalement ? dis-je à ma tante sur le chemin de la cuisine. Cette nuit, après avoir cherché Johnny ?

– Je ne vois pas du tout de quoi tu parles, me répond-elle.

34

La cuisinière de grand-père fait les courses et prépare les repas, mais ce sont les tantes qui planifient les menus. Aujourd'hui, c'est poulet froid, salade de tomates au basilic, camembert, pain frais et limonade à la fraise, dans la salle à manger. Liberty me montre des beaux gosses dans un magazine. Des fringues dans un autre. Bonnie est plongée dans la lecture d'un livre intitulé *Apparitions collectives : légendes et vérité*. Taft et Will veulent que je les emmène faire de la bouée tractée – au volant du bateau à moteur, je les traînerai derrière dans une grosse bouée.

Maman répond que je ne suis pas autorisée à conduire le bateau à cause de mes médicaments.

Tante Carrie répond que ça ne fait rien puisqu'il est hors de question que Will fasse de la bouée tractée, de toute manière.

Tante Bess ajoute qu'elle est du même avis et qu'il est donc inutile que Taft lui demande la permission.

Les jumelles demandent si elles peuvent faire de la bouée tractée.

– Pourquoi avoir autorisé Mirren et pas nous ? insiste Liberty. C'est vrai, quoi !

Will renverse sa limonade sur son morceau de pain.

Le pantalon de grand-père est trempé.

Taft soulève le reste de baguette humide et frappe son cousin avec.

Maman essuie le carnage pendant que Bess court à l'étage chercher un pantalon propre pour grand-père.

Carrie sermonne les garçons.

Le repas terminé, Taft et Will se précipitent dans le salon pour échapper à la corvée de débarrasser la table. Ils se mettent à sauter comme des fous sur le nouveau canapé en cuir de grand-père. Je les rejoins.

Will est un nabot à la peau rosée, comme son frère Johnny. Les cheveux presque blancs tellement ils sont blonds. Taft est plus grand et très mince, la peau dorée, parsemée de taches de rousseur, les yeux ourlés de longs cils noirs et les dents baguées.

– Alors, vous deux, dis-je, c'était comment, l'été dernier ?

– Tu sais comment obtenir un dragon de cendre dans *DragonVale* ? demande Will.

– Je sais comment obtenir un dragon de feu, répond Taft.

– Une fois que t'as un dragon de feu, tu peux avoir un dragon de cendre, dit Will.

Dix ans : vraiment l'âge bête.

– Allez. L'été dernier, insisté-je. Racontez-moi. Vous avez joué au tennis ?

– Ben oui.

– Vous vous êtes baignés ?

– Ouais, dit Taft.

– Vous avez fait du bateau avec Gat et Johnny ?

Ils s'arrêtent tous les deux de sauter.

– Non.

– Est-ce que Gat vous a parlé de moi ?

– Je suis pas censé te parler de la fois où tu t'es retrouvée dans l'eau et tout, rétorque Will. J'ai promis à tante Penny de ne rien dire.

– Pourquoi ?

– Ça va aggraver tes migraines et c'est un sujet de discussion interdit.

Taft hoche la tête.

– Elle a dit que si on aggravait tes migraines, elle nous attachera par les orteils et nos tablettes seront confisquées. On est supposés avoir l'air joyeux et ne pas faire de bêtises.

– Je ne vous parle pas de mon accident, dis-je. Je vous parle de l'été où je suis allée en Europe.

– Cady ? (Taft pose sa main sur mon épaule.) Bonnie a trouvé des cachets dans ta chambre.

Will recule et s'assoit sur l'accoudoir, à l'autre bout du canapé.

– Bonnie a fouillé dans mes affaires ?

– Et Liberty aussi.

– Quoi ?

– Tu m'as dit que tu te droguais pas, mais tu as des cachets sur ta commode.

Taft semble très remonté.

– Dis-leur de ne plus jamais remettre les pieds dans ma chambre.

– Si tu te drogues, insiste Taft, il y a une chose que tu dois savoir.

– Laquelle ?

– La drogue n'est pas ton amie, dit-il d'un air grave. Ce sont les gens qui sont tes amis.

– Non mais je rêve ? Vous ne voulez pas simplement me raconter ce que vous avez fait l'été dernier ?

Will prend la parole :

– On veut jouer à *Angry Birds*. On n'a plus envie de te parler.

– C'est ça, dis-je. Allez, fichez-moi le camp.

Je sors sous le porche et regarde les garçons dévaler la promenade menant à Red Gate.

35

Toutes les fenêtres de Cuddledown sont ouvertes quand j'y descends après le déjeuner. Gat écoute de la musique sur l'ancienne platine CD. Mes vieux dessins au pastel ont atterri sur la porte du frigo, collés à l'aide d'aimants : papa en haut, mamie Tipper et les golden retrievers en bas. Mon aquarelle est scotchée sur la porte de l'un des placards de la cuisine. Une échelle et un carton contenant plusieurs bobines de bolduc trônent au milieu du grand salon.

Mirren est en train de pousser un fauteuil à travers la pièce.

– Je n'ai jamais aimé comment ma mère a décoré cette maison, explique-t-elle.

J'aide Gat et Johnny à déplacer les meubles jusqu'à ce que Mirren soit satisfaite du nouvel aménagement. Nous ôtons les tableaux de Bess des murs et roulons ses tapis. Nous pillons les chambres des petits à la recherche d'objets amusants. Quand nous en avons terminé, le grand salon est un joyeux bric-à-brac de cochons-tirelires, de couvertures en patchwork, avec des piles de livres d'enfants et une lampe en forme de hibou. Des rubans de bolduc pailleté pendent en travers du plafond.

– Bess ne va pas être furieuse de voir ce que vous avez fait ?

– Je peux t'assurer qu'elle ne mettra pas les pieds à Cuddledown de tout l'été. Ça fait des années qu'elle veut fuir cette baraque.

– Comment ça ?

– Oh, fait Mirren d'un ton léger, tu connais la chanson : *snif snif*, c'est moi le vilain petit canard de la famille, cette cuisine est minable mais grand-père refuse de la faire rénover, et patati et patata.

– Elle lui a demandé de faire rénover la cuisine ?

Johnny me regarde bizarrement.

– Tu ne t'en souviens pas ?

– Elle est amnésique, Johnny ! s'exclame Mirren. Elle a oublié genre la moitié de l'été quinze !

– Ah bon ? fait-il. Je croyais que…

– Non, tais-toi ! s'emporte Mirren. Ma parole, tu n'as pas écouté un mot de ce que j'ai dit ?

– Quand ça ?

Il a l'air confus.

– L'autre soir. Je t'ai répété ce qu'avait dit tante Penny.

– C'est bon, calmos, soupire Johnny en lui jetant un coussin.

– Mais c'est important, voyons ! Comment peux-tu te montrer aussi insouciant sur un sujet pareil ?

Mirren semble bouleversée, sur le point de fondre en larmes.

– Je m'excuse, OK ? dit Johnny. Gat, tu savais que Cadence avait genre oublié quasiment tout l'été quinze ?

– Oui.

– Tu vois ? conclut Mirren. Gat a écouté, lui.

J'ai le visage en feu. Je regarde par terre. Personne ne dit plus rien pendant une bonne minute.

– C'est normal de perdre la mémoire quand on subit un choc à la tête, finis-je par déclarer. Ma mère vous a raconté ?

Johnny lâche un rire nerveux.

– Ça m'étonne de sa part, ajouté-je. Elle déteste en parler.

– Elle a dit que tu étais censée te reposer et retrouver la mémoire à ton rythme. Les tantes sont au courant, précise Mirren. Grand-père aussi. Les petits. Même le personnel. Tout le monde sur cette île sait ce qui s'est passé, sauf Johnny, apparemment.

– Si, proteste ce dernier. J'avais juste besoin qu'on me rafraîchisse la mémoire, voilà tout.

– Ne sois pas ridicule, dit Mirren. Ce n'est vraiment pas le moment.

– Ne t'inquiète pas, dis-je à Johnny. Tu n'es pas ridicule. Juste un peu... décevant. Je suis sûre que tu feras plus d'efforts, à partir de maintenant.

– J'en fais tout le temps, proteste Johnny. Mais pas comme le voudrait Mirren.

Gat sourit en m'entendant prononcer le mot « décevant » et me tapote l'épaule.

Nous voilà repartis de zéro.

36

On fait une partie de tennis. Johnny et moi remportons le match, mais certainement pas grâce à mon jeu, qui n'est plus du tout ce qu'il était. Mon cousin joue comme un dieu et Mirren a la manie de se mettre à danser sur place chaque fois qu'elle frappe la balle, sans se soucier de savoir si son adversaire va la lui renvoyer. Gat se moque tellement d'elle qu'il a du mal à se concentrer.

– C'était comment l'Europe ? me demande-t-il pendant qu'on rentre à Cuddledown.

– Mon père a mangé de l'encre de calmar.

– Et à part ça ?

On traverse le jardin et on jette tous nos raquettes sous la véranda avant d'aller s'étendre sur la pelouse.

– Honnêtement, je n'ai pas grand-chose à te raconter, dis-je. Vous savez ce que j'ai fait pendant que mon père visitait le Colisée ?

– Non ?

– Je suis restée allongée par terre dans la salle de bains, le visage contre le carrelage. À fixer les toilettes en porcelaine bleue.

– Les toilettes étaient bleues ? demande Johnny en se rasseyant sur l'herbe.

– Il n'y a que toi pour t'intéresser davantage à la couleur des chiottes qu'aux monuments antiques, marmonne Gat.

– Cadence..., commence à dire Mirren.

– Quoi ?

– Non, rien.

– Comment ça, rien ?

– Tu ne veux pas qu'on te plaigne, mais tu nous décris la cuvette des toilettes de ta salle de bains, lâche-t-elle. Si ça, ce n'est pas une anecdote pour faire pleurer ! Qu'est-ce qu'on est censés dire, maintenant ?

– Sans parler du fait qu'on est tous jaloux de ton voyage à Rome, souligne Gat. Aucun de nous n'y est jamais allé.

– J'aimerais tellement aller à Rome ! proteste Johnny en se rallongeant sur le dos. Voir les toilettes en porcelaine bleue !

– Je rêve de visiter les thermes de Caracalla, ajoute Gat. Et de goûter tous les parfums de glace italienne qui existent.

– Alors vas-y, dis-je.

– Ce n'est pas aussi simple.

– Certes, mais tu finiras bien par y aller. Pendant tes études, ou après.

Gat soupire.

– Tout ce que je dis, c'est que tu as eu la chance d'aller à Rome.

– Et j'aurais aimé y être avec toi.

37

– Tu as ressorti ta raquette ? me demande maman. J'ai entendu du bruit sur le court de tennis.

– Oh, c'était juste comme ça, pour s'amuser.

– Tu n'avais pas joué depuis si longtemps. C'est formidable.

– J'ai complètement perdu mon service.

– Je suis ravie que tu t'y remettes. Si tu veux qu'on échange quelques balles demain, ce sera avec plaisir.

Elle se fait de grosses illusions. M'entraîner vaguement pendant un après-midi ne signifie en aucun cas que je me suis remise au tennis, et il est hors de question que j'échange quelques balles avec elle. Elle portera une jupette de tennis, me félicitera, me réprimandera et commentera le moindre de mes gestes jusqu'à ce que je l'envoie promener.

– On verra, dis-je. Je crois que je me suis fait mal à l'épaule.

Nous dînons dehors, dans le jardin japonais. Nous regardons le soleil se coucher à vingt heures, répartis par petits groupes autour de deux tables. Taft et Will attrapent leurs côtes de porc dans le plat et les mangent avec les mains.

– Vous êtes pires que des animaux, fait Liberty avec une grimace de dégoût.

– T'as un problème ? rétorque Taft.

– Tu connais ce truc qui s'appelle une fourchette ?

– Je connais surtout ce truc qui s'appelle ta gueule.

Johnny, Gat et Mirren ont le droit de manger entre eux à Cuddledown parce qu'ils ne sont pas handicapés. Et que leurs mères leur fichent la paix. Maman ne veut même pas de moi à la table des adultes. Elle me fait asseoir à part, avec mes petits cousins.

Ils rient et se chamaillent, parlent la bouche pleine. Je cesse de les écouter au bout d'un moment pour m'intéresser à maman, Carrie et Bess agglutinées autour de grand-père.

Une soirée me revient en mémoire. C'était environ deux semaines avant mon accident, au début du mois de juillet. Nous étions tous réunis autour de la grande table sur la pelouse de Clairmont. Des bougies à la citronnelle brûlaient sur la véranda. Les petits avaient fini leurs hamburgers et s'amusaient à faire la roue dans le jardin. Nous mangions de l'espadon grillé à la sauce basilic. Il y avait aussi une salade de tomates jaunes et un gratin de courgettes au parmesan. Gat pressait sa jambe contre la mienne sous la table. Je me sentais ivre de bonheur.

Les tantes remuaient distraitement leur nourriture dans leurs assiettes, mutiques et glaciales entre elles, au milieu des cris joyeux des petits. Grand-père s'est calé contre le dossier de sa chaise, les mains croisées sur son ventre.

– Pensez-vous que je devrais faire rénover la maison de Boston ? a-t-il demandé à brûle-pourpoint.

Il y a d'abord eu un silence.

– Non, papa.

Bess a été la première à réagir.

– Nous adorons cette maison.

– Vous vous plaignez toujours des courants d'air dans le salon, a rétorqué grand-père.

Bess a regardé ses sœurs.

– Pas moi.

– Vous n'aimez pas la décoration.

– Ça, c'est sûr.

La désapprobation perçait dans la voix de maman.

– Pour moi, elle est intemporelle, a répondu Carrie.

– J'ai besoin de ton avis, a dit grand-père à Bess. Pourquoi ne viendrais-tu pas jeter un œil ? Et me dire ce que tu en penses ?

– Je...

Il s'est penché en avant.

– Je peux aussi bien vendre, tu sais.

Nous savions tous que tante Bess voulait cette maison. Les tantes se la disputaient. Elle valait quatre millions de dollars, et elles y avaient grandi toutes les trois. Mais Bess était la seule qui vivait dans la région, et la seule ayant assez d'enfants pour occuper toutes les chambres à coucher.

– Papa, a protesté Carrie d'un ton brusque, tu n'as pas le droit de la vendre.

– J'ai le droit de faire ce que bon me semble, a-t-il rétorqué en découpant la dernière tomate qui restait dans son assiette avant de l'avaler. Ainsi donc, la maison te plaît en l'état, Bess ? Ou préfères-tu que je la fasse rénover ? Pas de langue de bois, je te prie.

– Je serai ravie de t'aider quels que soient les changements que tu veux entreprendre, papa.

– Oh, pitié, a lâché maman. Hier encore tu te plaignais d'être débordée, et aujourd'hui tu veux participer à la rénovation de la maison de Boston ?

– Papa a besoin de notre aide.

– De *ton* aide. Nous autres n'avons pas voix au chapitre, hein, papa ?

Maman avait clairement trop bu.

Grand-père s'est esclaffé.

– Allons, du calme, Penny.

– Je me calmerai quand la succession sera réglée !

– Tu vas tous nous rendre cinglés, a marmonné Carrie.

– Pardon ? Articule, s'il te plaît.

– On est là, papa, et on t'aime, a déclaré Carrie à voix haute. Je sais que cette année a été particulièrement difficile.

– Si vous n'arrivez pas à vous entendre, tant pis pour vous, a rétorqué grand-père. Tâchez de vous ressaisir. Je ne laisserai pas ma succession aux mains d'une famille de fous.

Voyez les mêmes aujourd'hui, à l'été dix-sept. Toutes les trois attablées dans le jardin japonais de New Clairmont, maman le bras autour des épaules de Bess, elle-même penchée en avant pour servir une part de tarte aux framboises à Carrie.

C'est une soirée magnifique, et nous formons véritablement une splendide famille.

J'ignore ce qui a changé.

38

– Taft a une maxime, dis-je à Mirren.

Il est minuit. Nous les Menteurs jouons au Scrabble dans le grand salon de Cuddledown.

Mon genou touche la cuisse de Gat, mais je ne suis pas sûre qu'il s'en soit aperçu. Le plateau est presque rempli. Mon cerveau est fatigué. Je n'ai pioché que de mauvaises lettres.

Mirren déplace distraitement ses jetons.

– Taft a quoi ?

– Une maxime. Comme grand-père, tu sais ? *Pas de langue de bois*, tout ça ?

– *Les gagnants s'assoient toujours au premier rang*, récite Mirren.

– *Ne jamais se plaindre, ne jamais se justifier*, ajoute Gat. C'est de Disraeli, je crois.

– Oh, celui-là, il l'adore, commente Mirren.

– *Ne laissez jamais personne vous dire non*, dis-je.

– Eh, oh, Cady ! proteste Johnny. Tu veux bien poser ton mot qu'on puisse continuer la partie ?

– Arrête de lui hurler dessus, proteste Mirren.

– Désolé. Pourrais-tu avoir l'amabilité, je te prie, de poser ton putain de mot sur le plateau, s'il te plaît merci ?

Mon genou touche la cuisse de Gat. Je n'arrive plus vraiment à réfléchir. Je place un mot court, sans intérêt.

Johnny joue avec l'emplacement de ses lettres.

– *La drogue n'est pas ton amie*, dis-je. C'est ça, la maxime de Taft.

– Sérieux ? s'esclaffe Mirren. Où est-ce qu'il a trouvé un truc pareil ?

– Il a peut-être eu des cours sur la drogue à l'école. Les jumelles ont fouillé dans ma chambre et lui ont dit que j'avais des médocs plein ma commode, alors il tenait à s'assurer que je n'étais pas accro aux cachets.

– Bonnie et Liberty sont de vraies pestes, soupire Mirren. Je suis sûre qu'elles sont kleptomanes, aussi.

– Ah bon ?

– Elles ont volé les somnifères de ma mère et ses grandes boucles d'oreilles en diamants. Je ne sais pas où elles s'imaginent pouvoir les porter sans que ça se remarque. En plus, elles sont deux et il n'y en a qu'une seule paire.

– Tu leur en as parlé ?

– J'ai essayé de discuter avec Bonnie. Mais elles ne veulent rien entendre.

Mirren change à nouveau la disposition de ses jetons.

– J'aime bien l'idée d'avoir une maxime, poursuit-elle. Une citation bien inspirée peut vous aider dans les moments difficiles.

– Comme quoi, par exemple ? lui demande Gat.

Mirren réfléchit.

– *Toujours montrer un peu plus de gentillesse qu'il n'en faut.*

Personne ne conteste cette phrase. Ça paraît presque impossible de ne pas être d'accord.

Johnny déclare :

– *Ne jamais rien manger qui dépasse la taille de ses fesses.*

– Ça t'est déjà arrivé ? dis-je.

Il opine du chef, l'air grave.

– À ton tour, Gat, poursuit Mirren.

– J'ai pas de maxime.

– Allez…

– OK, peut-être une. (Il examine ses ongles.) *N'accepte de mal rien de ce que tu pourrais changer.*

– Entièrement d'accord, dis-je.

Parce que je le pense vraiment.

– Pas moi, objecte Mirren.

– Pourquoi ça ?

– On ne peut rien changer, ou presque. Il faut accepter le monde tel qu'il est.

– Faux.

– Ne faut-il pas aspirer à vivre dans la sérénité ? demande Mirren.

– Non, répond Gat avec détermination. Il faut aspirer à combattre le mal.

– *Ne jamais manger la neige quand elle est jaune,* intervient Johnny. En voilà un bon conseil.

– *Fais toujours ce qui te fait peur,* dis-je. Ma devise préférée.

– Oh, je t'en prie. Qui a pu dire une chose pareille ? s'emporte Mirren.

– Emerson. Enfin, je crois.

Je prends un stylo et écris la phrase sur mes mains.

À gauche : *Fais toujours.* À droite : *ce qui te fait peur.* Mon écriture est un peu moins lisible du côté droit.

– Emerson est d'un ennui, gémit Johnny.

Il me prend le stylo et s'écrit sur la main gauche : *NON À LA NEIGE JAUNE !*

– Voilà, dit-il en levant sa main pour contempler le résultat. Ça devrait bien m'aider.

– Cady, je suis sérieuse. On ne doit *jamais* se forcer à faire ce qui nous fait peur, insiste farouchement Mirren. Quelle drôle d'idée !

– Pourquoi pas ?

– On peut se tuer. Se faire du mal. Si quelque chose te fait peur, c'est sans doute pour une bonne raison. Il faut toujours se fier à son instinct.

– C'est donc ça, ta philosophie ? lui lance Johnny. Être une poule mouillée géante ?

– Oui, répond Mirren. Ça, et le truc sur la gentillesse que j'ai dit tout à l'heure.

39

Gat monte à l'étage et je lui emboîte le pas. Je le poursuis le long du grand couloir, le rattrape par la main et presse ma bouche contre la sienne.

C'est ce qui me faisait peur, alors je l'ai fait.

Il me rend mon baiser. Ses doigts s'entremêlent aux miens, la tête me tourne, il me serre contre lui et tout redevient clair et merveilleux. Notre baiser efface le reste du monde. Il ne reste que nous deux, et plus rien n'a d'importance.

Jusqu'à ce que Gat se détache de moi.

– Je ne devrais pas.

– Pourquoi ?

Sa main est toujours dans la mienne.

– Ce n'est pas que je ne veux pas, mais...

– Je croyais qu'on repartait de zéro. Ce n'est pas comme ça qu'on est censés faire ?

– Je ne sais plus où j'en suis.

Il recule et s'adosse au mur.

– C'est un tel cliché de dire ça… mais c'est pourtant ce que je ressens.

– Explique-moi.

Un silence.

– Tu ne me connais pas.

– Alors explique-moi, insisté-je.

Il se prend la tête entre les mains. Nous restons là, dans le noir, tous deux appuyés contre le mur.

– D'accord, finit-il par murmurer. Entre autres choses, tu n'as jamais rencontré ma mère. Tu n'es jamais venue chez moi.

C'est vrai. Je n'ai jamais vu Gat ailleurs qu'à Beechwood.

– Tu crois savoir qui je suis, Cady, mais tu ne connais que la partie de moi qui vient ici en vacances. Tu n'as… qu'un aperçu de moi. Tu n'as jamais visité ma chambre avec vue sur le conduit d'aération, tu n'as jamais goûté le curry de ma mère, jamais rencontré les types de mon lycée, tu ne sais même pas ce qu'on fait à Noël. Tu me connais uniquement sur cette île où tout le monde est riche sauf moi et les domestiques. Où tout le monde est blanc sauf moi, Ginny et Paulo.

– Qui sont Ginny et Paulo ?

Gat frappe son poing dans sa paume.

– Ginny est la femme de ménage. Paulo est le jardinier. Tu ne sais même pas comment ils s'appellent alors qu'ils travaillent ici chaque été, depuis des années. C'est justement là où je veux en venir.

La honte enflamme mon visage.

– Je suis désolée…

– Mais as-tu vraiment envie que je t'explique ? Seras-tu seulement capable de comprendre ?

– Tu ne le sauras jamais à moins de me parler, dis-je. Tu m'as laissée sans nouvelles pendant des siècles.

– Tu sais ce que je représente pour ton grand-père ? Qui j'ai toujours incarné à ses yeux ?

– Non, qui ça ?

– Heathcliff. Dans *Les Hauts de Hurle-Vent.* Tu l'as lu ?

Je fais non de la tête.

– Heathcliff est un jeune Gitan adopté par une famille très comme il faut, les Earnshaw. Il tombe amoureux de leur fille Catherine. Elle l'aime aussi – bien qu'elle le trouve quand même inférieur, rapport à ses origines. Et le reste de la famille pense comme elle.

– Ce n'est pas du tout ce que je ressens vis-à-vis de toi.

– Heathcliff a beau faire tout ce qu'il peut, les Earnshaw ne le trouvent jamais assez bien. Il se donne du mal, pourtant. Il s'en va, se forge une éducation, devient un gentleman. Mais ils le considèrent toujours comme un moins-que-rien.

– Et alors ?

– Eh bien, parce que le livre est construit comme une tragédie, Heathcliff finit par devenir exactement ce que tout le monde voit en lui : une brute. Sa part d'ombre le domine.

– J'ai toujours entendu que c'était une histoire d'amour.

Gat secoue la tête.

– Les personnages s'entre-déchirent.

– Tu es en train de me dire que grand-père te voit comme Heathcliff ?

– Absolument. Une brute sous une surface agréable, un traître qui a abusé de sa confiance et de son hospitalité sur cette île en séduisant sa Catherine, sa Cadence. Et ma punition, c'est de devenir le monstre qu'il a toujours vu en moi.

Je ne dis rien.

Gat non plus.

Je tends ma main vers lui pour le toucher. Le simple contact de son bras sous la manche de sa chemise en fine cotonnade me donne envie de l'embrasser encore une fois.

– Tu sais ce qu'il y a d'effrayant dans cette histoire ? poursuit-il sans me regarder. Le plus terrible, c'est qu'il avait raison.

– Pas du tout.

– Oh, si.

– Gat, attends !

Mais il part s'enfermer dans sa chambre.

Je me retrouve seule, dans la pénombre du couloir.

40

Il était une fois un roi qui avait trois filles d'une grande beauté. Et leur beauté n'avait d'égale que leur douceur. Comble du bonheur, elles firent toutes les trois de grands mariages, et la plus jeune des trois princesses eut bientôt une fille. Hélas, ce fut une déception. Le nouveau-né était si petit que sa mère devait le garder dans sa poche, où il passait totalement inaperçu. Heureusement, d'autres petits-enfants de taille normale vinrent à naître, et le roi et la reine en vinrent à oublier ou presque l'existence de cette minuscule princesse.

Les années passèrent. La toute petite princesse passait l'essentiel de ses jours et de ses nuits dans son tout petit lit. Elle était si seule qu'elle n'avait aucune raison ou presque de se lever.

Un beau jour, elle s'aventura jusqu'à la bibliothèque du palais et découvrit que les livres pouvaient être de merveilleux compagnons. Elle commença à s'y rendre souvent. Un matin, alors qu'elle lisait, une souris apparut sur la table. Elle se tenait debout sur ses pattes arrière et portait un minuscule veston en velours. Ses moustaches étaient bien lisses et ses poils bruns.

« Vous lisez exactement comme moi, dit la souris à la princesse : vous marchez sous chaque mot. »

L'animal s'avança et lui fit la révérence.

Le rongeur charma la minuscule princesse en lui faisant le récit de ses aventures. Il lui parla des trolls qui volent les pieds des humains et des dieux qui abandonnent les pauvres. Il se posait des questions sur l'univers et cherchait continuellement à y trouver des réponses. Il pensait qu'il fallait s'intéresser aux blessures pour qu'elles guérissent. De son côté, la princesse régala le rongeur de contes de fées, lui dessina des portraits pixélisés et de petits croquis au pastel. Elle rit et se disputa avec lui. Pour la première fois de son existence, elle se sentait en vie.

Bientôt, le rongeur et la princesse tombèrent amoureux.

Mais lorsqu'elle présenta son fiancé à sa famille, la princesse ne reçut pas l'accueil qu'elle escomptait.

« Ce n'est qu'un rat ! » s'écria le roi avec dédain tandis que la reine fuyait son trône en hurlant de peur.

Dans tout le royaume, de la noblesse aux domestiques, on considérait le prétendant avec suspicion et malaise.

« Il est contre-nature, disait-on de lui. C'est un animal qui se fait passer pour une personne. »

La minuscule princesse n'hésita pas une seconde. Son fiancé et elle quittèrent le palais et voyagèrent le plus loin possible. Ils s'installèrent dans un pays étranger où ils se marièrent, remplirent leur maison de livres et de chocolat, et vécurent heureux jusqu'à la fin des temps.

Si vous voulez habiter quelque part où on ne craint pas les souris, mieux vaut renoncer à la vie de château.

41

Un géant manie une scie rouillée. Il fredonne et jubile de plaisir à mesure qu'il me tronçonne le front et l'âme.

J'ai moins de quatre semaines devant moi pour découvrir la vérité.

Grand-père m'appelle Mirren.

Les jumelles volent des somnifères et des boucles d'oreilles en diamant.

Maman s'est disputée avec les tantes à cause de la maison de Boston.

Bess déteste Cuddledown.

Carrie erre sur l'île pendant la nuit.

Will fait des cauchemars.

Gat est Heathcliff.

Gat pense que je ne le connais pas.

Et il a peut-être raison.

J'avale mes médocs. Je bois de l'eau. Ma chambre est plongée dans l'obscurité.

Maman se tient sur le pas de la porte, à m'observer. Je ne lui adresse pas la parole.

Je reste alitée pendant deux jours. De temps en temps, le mal foudroyant s'apaise en une simple douleur sourde. Alors, si je suis seule, je me redresse dans mon lit et je complète les notes que j'ai affichées sur le mur. J'y inscris davantage de questions que de réponses.

Le matin où je me sens mieux, grand-père vient me voir de bonne heure à Windemere. Il porte un pantalon en lin blanc et une veste de sport bleue. Je suis en short et tee-shirt, en train de jeter des balles aux chiens sur la pelouse. Maman est déjà partie à New Clairmont.

– Je vais à Edgartown, m'annonce grand-père en grattant les oreilles de Bosh. Veux-tu venir avec moi ? Si tu acceptes la compagnie d'un vieillard, bien sûr.

– Je ne sais pas trop, dis-je en plaisantant. Je suis pas mal occupée avec ces balles de tennis dégoulinantes de bave. Ça risque de me prendre toute la journée.

– Je t'emmènerai à la librairie, Cady. Je t'achèterai des cadeaux, comme avant.

– Pourquoi pas plutôt à la boutique de caramels ?

Il rit.

– Oui, si tu veux.

– C'est maman qui t'envoie ?

– Non.

Il gratte ses touffes de cheveux blancs.

– Mais Bess ne veut pas que je prenne le bateau à moteur tout seul. Elle a peur que je sois désorienté.

– Je n'ai pas le droit de piloter le bateau non plus.

– Je sais, dit-il en agitant les clés. Mais ce ne sont pas Bess et Penny qui commandent, ici. C'est moi.

Nous décidons d'aller prendre le petit déjeuner en ville. L'idée est de quitter le ponton de Beechwood en douce avant que les tantes nous aperçoivent.

Edgartown est un adorable petit village balnéaire sur l'île de Martha's Vineyard. Il faut vingt minutes pour s'y rendre. Tout n'est que palissades blanches, maisonnettes en bois et jardins fleuris. On y trouve des magasins de souvenirs, des vendeurs de glaces, des boutiques de vêtements chic et de bijoux anciens. Depuis le port, des bateaux partent à la pêche ou faire des croisières panoramiques.

Grand-père semble redevenu lui-même. Il dépense son argent. M'offre un café-croissants dans une petite boulangerie avec des tabourets alignés le long de la vitrine, puis tente de m'offrir un livre à la librairie. Quand je refuse son cadeau, il prend un air navré. Il désapprouve mon grand projet de redistribution de mes effets personnels, mais ne me fait pas la morale pour autant. Au lieu de ça, il me demande de l'aider à choisir des cadeaux pour les petits et un livre sur les compositions florales pour Ginny, la gouvernante. Nous faisons également le plein de caramels aromatisés chez Murdick's Fudge : chocolat, choco-noisettes, beurre de cacahuètes et confiture de lait.

En flânant dans l'une des galeries d'art du village, nous tombons sur l'avocat de grand-père, Richard Thatcher, un homme maigre et grisonnant.

– Voici donc Cadence Ire, déclare-t-il en me serrant la main. J'ai beaucoup entendu parler de vous.

– Richard gère la succession, me dit grand-père en guise d'explication.

– La naissance du premier petit-enfant, poursuit Thatcher, est une émotion incomparable.

– C'est un esprit sain dans un corps sain, se vante grand-père. Elle a de qui tenir. C'est bien le sang des Sinclair qui coule dans ses veines.

Grand-père a toujours aimé s'exprimer avec des phrases toutes faites. « *Ne jamais se plaindre, ne jamais se justifier.* » « *Ne laissez jamais personne vous dire non.* » Mais ça m'agace quand il le fait pour parler de moi. Un esprit sain, vraiment ? J'ai le cerveau en mille morceaux, tous les médecins le disent – et je suis pour moitié une Eastman, ce clan d'infidèles. Je n'entrerai pas à la fac à la rentrée prochaine ; j'ai abandonné tous les sports que je pratiquais, tous les clubs dont j'étais membre ; je suis défoncée aux médocs la plupart du temps et je ne suis même pas gentille envers mes petits cousins.

Pourtant, grand-père rayonne de fierté lorsqu'il parle de moi. Aujourd'hui, au moins, il ne me confond pas avec Mirren.

– Elle vous ressemble, dit Thatcher.

– N'est-ce pas ? Sauf qu'elle est jolie, elle.

– Merci, dis-je. Mais pour atteindre une ressemblance parfaite, il faudrait que je coiffe mes cheveux en touffes sur ma tête.

À ces mots, grand-père sourit.

– C'est à cause du bateau, se défend-il. J'ai oublié d'emporter une casquette.

– Il est toujours coiffé comme ça, dis-je à l'avocat.

– Je sais, me répond-il.

Les deux hommes échangent une poignée de main pour se dire au revoir et grand-père me prend par le bras pour sortir de la galerie.

– Il s'est particulièrement bien occupé de toi, me confie-t-il.

– Mr. Thatcher ?

Il hoche la tête.

– Mais n'en parle pas à ta mère. Ça mettrait à nouveau la pagaille.

42

Pendant le trajet de retour, un autre souvenir revient.

Été quinze, un matin au début du mois de juillet. Grand-père faisait du café dans la cuisine de Clairmont. J'étais à table, en train de manger des tartines de pain grillé à la confiture. Nous étions seuls.

– J'adore cette oie, ai-je déclaré en désignant la statue couleur crème posée sur le buffet.

– Elle est là depuis que Johnny, Mirren et toi avez trois ans, a répondu grand-père. L'année de notre voyage en Chine avec Tipper. (Il s'est esclaffé.) Elle a acheté beaucoup de belles choses, là-bas. Nous avions une guide spécialisée dans l'art.

Il s'est approché du grille-pain et a récupéré le morceau de baguette que j'avais mis à chauffer pour moi.

– Eh ! ai-je protesté.

– Chut, c'est moi le grand-père. Je mange du pain grillé quand ça me chante.

Il s'est assis à table avec son expresso et s'est beurré une tartine.

– Notre guide nous a fait faire la tournée des antiquaires et nous a servi d'interprète pendant les ventes aux enchères. Elle parlait quatre langues. Elle ne payait pas de mine, pourtant. Une petite souris bridée, toute menue.

– On n'emploie pas ce mot-là pour parler des Chinois, enfin !

Il a ignoré ma remarque.

– Tipper s'est acheté des bijoux et a eu l'idée de rapporter des statues d'animaux pour les maisons de Beechwood.

– Comme le crapaud de Cuddledown, par exemple ?

– Parfaitement, le crapaud en ivoire, a dit grand-père. Et nous avons aussi fait l'acquisition de deux éléphants.

– Ceux-là sont à Windemere.

– Et des singes pour Red Gate. Quatre en tout.

– Je croyais que le trafic d'ivoire était illégal ?

– Oh, dans certains endroits, oui. Mais si on se débrouille bien, on en trouve quand même. Ta grand-mère adorait l'ivoire. Elle avait voyagé en Chine durant son enfance.

– Ce sont des défenses d'éléphant ?

– Ou de rhinocéros.

C'était grand-père : son panache de cheveux blancs encore vigoureux, les sillons sur son visage accentués par tout ce temps passé en mer sur son voilier. Sa mâchoire lourde comme celle d'une star de cinéma vieillissante.

« Si on se débrouille bien, on en trouve quand même », avait-il déclaré à propos de l'ivoire.

Pour reprendre l'une de ses maximes préférées : *Ne laissez jamais personne vous dire non.*

J'y avais toujours vu une certaine forme d'héroïsme. Il nous répétait cette phrase chaque fois qu'il voulait nous exhorter à poursuivre nos rêves. Lorsqu'il encourageait Johnny à s'entraîner pour le marathon ou quand j'ai raté le premier prix de lecture en cinquième. Pour parler affaires ou nous raconter comment il avait obtenu la main de mamie Tipper.

– Je lui ai demandé quatre fois de m'épouser avant qu'elle finisse par accepter, nous disait-il toujours, évoquant l'une de ses légendes familiales préférées. Je l'ai eue à l'usure. Elle m'a dit oui pour me faire taire.

Ce jour-là, à la table du petit déjeuner, en le regardant manger ma tartine, *Ne laissez jamais personne vous dire non* m'est soudain apparu comme le caprice d'un riche égoïste qui se fiche pas mal des conséquences de ses actes, tant que sa femme peut s'acheter de jolies statues pour décorer ses villas de vacances.

Je suis allée prendre la statue.

– Personne ne devrait favoriser le commerce de l'ivoire, ai-je déclaré. Si c'est illégal, c'est pour une raison. Gat lisait l'autre jour un article sur…

– Je n'ai pas besoin de savoir ce que lit ce garçon, a répliqué sèchement grand-père. Je suis au courant. Je lis les journaux.

– Excuse-moi. Mais ça m'a fait réfléchir à propos de…

– Cadence.

– Tu pourrais vendre les statues aux enchères et faire don de l'argent à une association pour la protection de la faune et de la flore.

– Mais alors, je n'aurais plus les statues. Ta grand-mère y tenait beaucoup.

– Oui, mais…

Il s'est énervé :

– Tu n'as pas à me dire ce que je dois faire de mon argent, Cady. C'est le mien.

– D'accord.

– Je t'interdis de m'expliquer comment disposer de ce qui m'appartient, compris ?

– Oui.

– Que cela ne se reproduise plus.

– Oui, grand-père.

J'ai dû me retenir pour ne pas saisir l'oie et l'envoyer voler à travers la pièce.

Se briserait-elle en atteignant la cheminée ? Volerait-elle en éclats ?

J'ai serré les poings.

C'était la première fois qu'on évoquait mamie Tipper depuis sa mort.

Grand-père amarre le bateau au ponton.

– Est-ce que mamie Tipper te manque ? lui demandé-je sur le chemin de New Clairmont. Parce qu'elle me manque, à moi. On ne parle jamais d'elle.

– Une partie de moi a disparu avec elle, dit-il. Le meilleur de moi-même.

– C'est vraiment ce que tu penses ?

– C'est tout ce que j'ai à en dire, conclut-il.

43

Je retrouve les Menteurs dans le jardin de Cuddledown. La pelouse est jonchée de raquettes de tennis et de bouteilles, d'emballages alimentaires et de serviettes de plage. Ils sont tous les trois étendus sur des couvertures en coton, lunettes noires sur le nez, en train de grignoter des chips.

– Tu te sens mieux ? me demande Mirren.

Je lui réponds d'un hochement de tête.

– Tu nous as manqué.

Ils se sont tartinés d'huile pour bébé. Deux flacons gisent non loin dans l'herbe.

– Vous n'avez pas peur de cramer ? dis-je.

– Je n'ai plus confiance dans l'écran total, répond Johnny.

– Il a décrété que les scientifiques étaient corrompus et que l'industrie de la crème solaire était une gigantesque arnaque, explique Mirren.

– Vous n'avez jamais eu d'allergie au soleil ? dis-je. Votre peau se met à faire des cloques, pour de vrai.

– C'est un truc idiot. On s'ennuyait, voilà, répond Mirren.

Tout en continuant à se tartiner les bras de lotion pour bébé.

Je m'allonge à côté de Johnny.

J'ouvre un sachet de chips goût barbecue.

Je regarde le torse de Gat.

Mirren lit à voix haute des passages d'un livre sur Jane Goodall.

On écoute de la musique sur mon iPhone, avec un son de casserole.

– Pourquoi est-ce que tu n'as plus confiance dans l'écran total, déjà ? dis-je à Johnny.

– C'est un complot. Pour vendre des tonnes de crème dont personne n'a besoin.

– Hmm.

– Je ne prendrai pas de coups de soleil, m'assure-t-il. Tu verras.

– Mais pourquoi te mets-tu de l'huile pour bébé ?

– Oh, c'est un autre délire. J'aime juste avoir la peau bien grasse en permanence.

Gat me surprend dans la cuisine, en train de me chercher un truc à manger. Il n'y a pas grand-chose dans les placards.

– La dernière fois que je t'ai vue, je me suis encore montré décevant, dit-il. Dans le couloir, il y a deux jours.

– Ouais.

Mes mains tremblent.

– Je te présente mes excuses.

– OK.

– On peut reprendre à zéro ?

– On ne peut pas reprendre à zéro tous les jours, Gat.

– Pourquoi pas ?

Il saute pour s'asseoir sur le plan de travail.

– C'est peut-être l'été des secondes chances.

– Une seconde chance, d'accord. Mais après, ça devient ridicule.

– Alors tâche d'être normale avec moi, au moins aujourd'hui. Faisons comme si j'étais un garçon sain et équilibré, comme si tu n'étais pas en colère. Faisons comme si on était potes et oublions ce qui s'est passé.

Je n'ai pas envie de faire comme si.

Je n'ai pas envie qu'on soit potes.

Je n'ai pas envie d'oublier. Au contraire, j'essaie de me souvenir.

– Juste un jour ou deux, jusqu'à ce que les choses redeviennent simples, ajoute-t-il en voyant mon hésitation. On passera du temps ensemble et on finira par ne plus se prendre la tête.

Je veux tout savoir, tout comprendre. Je veux serrer Gat contre moi, le toucher, le caresser, ne plus jamais le lâcher.

Mais peut-être est-ce le seul moyen pour nous de repartir de zéro.

Sois normale, immédiatement. C'est un ordre.

Parce que tu l'es. Parce que tu peux l'être.

– J'ai appris à faire ça, dis-je.

Je lui tends le sachet de caramels que grand-père et moi avons acheté à Edgartown. Il en goûte un au chocolat, et son visage qui s'illumine me fait comme un pincement au cœur.

44

Le lendemain, Mirren et moi prenons le petit bateau pour nous rendre à Edgartown sans autorisation.

Les garçons ne veulent pas nous accompagner. Ils vont faire du kayak.

Je conduis et Mirren laisse sa main pendre dans le sillage d'écume derrière la coque.

Elle n'a pas grand-chose sur le dos : un haut de bikini à motif pâquerettes et une minijupe en jean. Elle arpente les trottoirs aux pavés ronds du village en me parlant de Drake Loggerhead et de leurs « rapports intimes ». Elle emploie toujours ce terme ; quand je lui demande quel effet ça fait, elle compare ça à un mélange entre le parfum des roses du Japon, un tour de montagnes russes et un feu d'artifice.

Elle me parle aussi des fringues qu'elle voudrait s'acheter pour sa rentrée universitaire à Pomona, des films qu'elle a envie de voir et des projets qu'elle a en tête pour cet été, comme par exemple trouver un centre équestre sur Martha's Vineyard ou refaire de la crème glacée. Honnêtement, elle jacasse non-stop pendant une demi-heure.

J'aimerais avoir sa vie. Un petit ami, des projets, la fac en Californie. Un avenir radieux s'ouvre à elle alors que je vais retourner à la Dickinson Academy pour subir une autre année enneigée et suffocante.

J'achète un petit ballotin de caramels chez Murdick's, bien qu'il en reste encore d'hier. On s'assoit sur un banc à l'ombre, Mirren toujours aussi bavarde.

Un autre souvenir enfoui ressurgit.

Été quinze. Mirren était assise à côté de Taft et Will sur les marches de notre baraque à fruits de mer préférée d'Edgartown. Les garçons jouaient avec des moulins à vent en plastique multicolore. Taft avait le museau barbouillé de caramel. On attendait Bess, parce qu'elle avait les chaussures de Mirren et qu'on ne pouvait pas entrer à l'intérieur tant qu'elle était pieds nus.

Mirren avait les pieds sales et du vernis bleu aux orteils.

On poireautait depuis un moment quand Gat est sorti d'une boutique un peu plus loin, une pile de livres sous son bras. Il a accouru vers nous, comme s'il était pressé de nous rejoindre alors qu'on était assis là sans bouger.

Devant nous, il s'est arrêté net. Le premier livre de sa pile était *L'Être et le Néant* de Sartre. Il avait encore le titre écrit en travers des mains. Un conseil de lecture de grand-père.

Gat s'est incliné devant moi, façon révérence de clown, et m'a tendu le dernier bouquin de sa pile : un roman de Jaclyn Moriarty. Je dévorais tout d'elle depuis le début de l'été.

J'ai ouvert la page de titre. Et j'ai lu : « Pour Cady, avec tout, tout. Gat. »

– Je me souviens de la fois où on attendait que tu récupères tes chaussures pour entrer dans le cabanon de fruits de mer, dis-je à Mirren.

Elle a cessé de parler et me regarde, les yeux pleins d'espoir.

– Je me souviens des moulins à vent, dis-je. Du livre que m'a offert Gat.

– Tu es en train de retrouver la mémoire, s'exclame-t-elle. C'est génial !

– Des tantes qui se disputaient à propos de la succession.

Elle hausse les épaules.

– Oui, un peu.

– Et aussi d'une dispute entre grand-père et moi à cause de ses statues en ivoire.

– Ah, ça... On en parlait tout le temps.

– Explique-moi une chose.

– Oui ?

– Pourquoi Gat a-t-il disparu après mon accident ?

Mirren entortille une mèche de cheveux autour de son index.

– Je n'en sais rien.

– Il s'est remis avec Raquel ?

– Je n'en sais rien.

– On s'est disputés ? J'ai fait quelque chose de mal ?

– Je n'en sais rien, Cady.

– Il s'est énervé contre moi, l'autre soir. Parce que je ne connaissais pas le prénom des domestiques. Parce que je n'avais jamais vu son appartement à New York.

Il y a un silence.

– Il a de bonnes raisons d'être furieux, finit par lâcher Mirren.

– Qu'est-ce que j'ai fait ?

Elle soupire.

– Tu ne peux rien y changer.

– Pourquoi ?

Soudain, elle se met à suffoquer, prise de haut-le-cœur, comme si elle allait vomir. Elle se tient pliée en deux, le visage blafard et luisant de sueur.

– Tu te sens bien ?

– Non.

– Je peux t'aider ?

Pas de réponse.

Je lui propose un peu d'eau. Elle accepte. Boit à gorgées lentes.

– J'en ai trop fait. Il faut que je rentre à Cuddledown. Tout de suite.

Elle a le regard vitreux. Je lui tends la main. Sa peau est moite, elle vacille sur ses jambes. Nous marchons en silence jusqu'au port où nous attend le petit bateau à moteur.

Maman n'avait pas remarqué l'absence du bateau, mais elle remarque en revanche le ballotin de caramels que je donne à Taft et Will.

Et bla-bla-bla, c'est reparti. Son sermon n'est même pas intéressant.

Je ne suis pas censée quitter l'île sans son autorisation.

Je ne suis pas censée quitter l'île sans la présence d'un adulte.

Je ne suis pas censée conduire de véhicule à moteur tant que je suis sous traitement.

Je suis quand même plus intelligente que ça, non ?

Je bredouille les excuses qu'elle veut entendre. Puis je file à Windemere et note tout ce que je me rappelle – le cabanon de fruits de mer, les moulins à vent, les pieds sales de Mirren sur les marches en bois, le cadeau de Gat – sur le papier millimétré au-dessus de mon lit.

45

Au début de ma deuxième semaine de vacances, nous décidons d'explorer le toit de Cuddledown. C'est facile d'y grimper ; si nous ne l'avons jamais fait auparavant, c'est parce qu'il faut passer par la fenêtre de la chambre de tante Bess.

Il y fait un froid glacial la nuit mais, de jour, on a une vue splendide sur le reste de l'île et la mer au-delà. Je vois par-dessus la cime des arbres qui entourent Cuddledown jusqu'à New Clairmont et son jardin. Je vois même à l'intérieur de la maison, grâce aux immenses baies vitrées du rez-de-chaussée. On aperçoit également un fragment de Red Gate et, de l'autre côté, Windemere et la baie.

Ce premier après-midi, nous déballons nos provisions sur une vieille couverture de pique-nique. Nous avons du pain brioché portugais et différentes sortes de fromages très coulants dans de petites corbeilles en osier. Des baies dans des barquettes en carton vert. Des bouteilles de limonade bien fraîche.

Nous décidons de revenir ici chaque jour. Pendant tout l'été. Ce toit est le meilleur endroit au monde.

– Si je meurs, dis-je tandis que nous contemplons la vue, enfin, quand je mourrai, plutôt, je veux que vous jetiez mes cendres dans la mer depuis la petite plage. Comme ça, quand je vous manquerai, vous n'aurez qu'à grimper ici, à baisser les yeux et à vous rappeler la fille géniale que j'étais.

– Ou bien, on pourrait aller nager avec toi, dit Johnny. Si tu nous manquais vraiment trop.

– Quelle horreur !

– C'est toi qui veux passer l'éternité dans l'eau de la petite plage, je te signale.

– C'était juste une façon de dire que j'adore cet endroit. Ce serait parfait pour y répandre ses cendres.

– Ouais, fait Johnny. C'est clair.

Mirren et Gat ne disent rien, trop occupés à picorer des noisettes enrobées de chocolat dans un bol en céramique bleu.

– Cette conversation est répugnante, finit par déclarer ma cousine.

– Pas du tout, objecte Johnny.

– Je ne veux pas que mes cendres atterrissent ici, dit Gat.

– Pourquoi pas ? dis-je. On serait tous ensemble, réunis au large de la petite plage.

– Et les petits viendraient nous nager dedans ! s'exclame Johnny.

– Vous m'écœurez, lance sèchement Mirren.

– Ce n'est pas tellement différent de toutes les fois où j'ai fait pipi dans l'eau, fait remarquer Johnny.

– Pouah.

– Oh, allez, tout le monde fait ça !

– Pas moi, répond Mirren.

– Bien sûr que si. Si l'eau de la petite plage n'est pas entièrement polluée, après toutes ces années passées à pisser dedans, ce ne sont pas quelques poignées de cendres qui vont la souiller.

– Vous pensez à votre enterrement, des fois ? dis-je.

– Hein ? fait Johnny en pinçant les narines de dégoût.

– Tu sais, dans *Tom Sawyer*, quand tout le monde croit que Tom, Huck et Machin-Truc…

– Joe Harper, me souffle Gat.

– Voilà, tout le monde croit que Tom, Huck et Joe Harper sont morts. Les garçons se rendent à leur propre enterrement et ils entendent les gens du village évoquer tous les jolis souvenirs qu'ils ont d'eux. Quand j'ai lu ça, ça m'a fait réfléchir à mon enterrement. Genre, quelles fleurs il y aura, où est-ce que j'aimerais qu'on répande mes cendres. Et l'oraison funèbre, aussi : qui rappellera à quel point j'étais un être exceptionnel, que j'ai gagné le prix Nobel et les jeux Olympiques ?

– Quelle discipline, aux JO ? demande Gat.

– Le handball, peut-être.

– Il y a du handball aux JO ?

– Oui.

– Tu en fais ?

– Pas encore.

– Alors tu ferais bien de t'y mettre.

– La plupart des gens planifient plutôt leur mariage, fait remarquer Mirren. C'est ce que je faisais, autrefois.

– Les mecs ne planifient jamais leur mariage, lance Johnny.

– Si je me mariais avec Drake, je ne voudrais que des fleurs jaunes. Absolument partout. Je porterais une robe couleur soleil, comme une robe de mariée normale, mais jaune. Et Drake aurait une ceinture de smoking assortie.

– Il faudrait qu'il t'aime vraiment très, très fort pour porter une ceinture de smoking jaune, dis-je.

– Oui. Mais il le ferait.

– Je vais vous dire ce dont je ne veux surtout pas à mon enterrement, déclare solennellement Johnny. Je ne veux pas de snobinards new-yorkais issus du monde de l'art et que je ne connais même pas, rassemblés dans une salle de réception débile.

– Je ne veux pas de religieux parlant d'un dieu auquel je ne crois pas, dit Gat.

– Ou d'un groupe de pétasses qui feraient semblant d'être tristes avant d'aller se recoiffer et se remettre du gloss devant le miroir des toilettes, ajoute Mirren.

– À vous entendre, dis-je, on croirait que les enterrements sont des trucs sinistres.

– Sérieux, Cady, insiste Mirren. Tu devrais planifier ton mariage, pas tes funérailles. Ne sois pas si morbide.

– Et si je ne me marie jamais ? Ou que je n'ai pas envie de me marier ?

– Organise la soirée de lancement de ton premier livre, dans ce cas. Ou le vernissage de ton expo.

– Elle va gagner les jeux Olympiques et le prix Nobel, rappelle Gat. Elle peut aussi organiser des soirées pour ça.

– Parfait, dis-je. Organisons la fête pour ma médaille olympique de handball. Si ça peut vous faire plaisir.

On imagine tout, jusqu'au moindre détail. Ballons de handball enrobés de glaçage bleu. Robe en lamé pour moi. Flûtes à champagne avec de minuscules ballons dorés au fond. On se demande si les joueurs de handball portent des lunettes de protection en plastique comme au racquetball et, pour les besoins de la soirée, on décrète que oui. Les invités porteront donc des lunettes de handball dorées pendant toute la durée de la fête.

– Tu joues dans une équipe ? interroge Gat. Je veux dire, est-ce qu'il y aura un essaim de handballeuses belles comme des déesses amazoniennes venues célébrer leur victoire avec toi ? Ou est-ce que tu gagnes en solo ?

– Je n'en ai aucune idée.

– Il faut vraiment que tu commences à te renseigner, dit Gat. Sinon, tu n'auras jamais de médaille d'or. Et on devra repenser tout le concept de la soirée si tu ne remportes que l'argent.

La vie paraît si belle, ce jour-là.

Nous les Menteurs ensemble, tous les quatre, comme on l'a toujours été.

Comme on le sera toujours.

Peu importe ce qui arrivera quand nous irons à la fac, que nous deviendrons adultes et ferons chacun notre vie ; peu importe si Gat et moi finissons ensemble ou non. Peu importe l'endroit où nous irons, nous nous retrouverons toujours sur le toit de Cuddledown pour contempler la mer.

Cette île nous appartient. Ici, d'une certaine manière, nous resterons éternellement jeunes.

46

Les jours suivants s'assombrissent. Les Menteurs n'ont pas envie de mettre le nez dehors. Mirren a mal à la gorge et des courbatures. Elle ne sort quasiment pas de Cuddledown. Elle réalise des peintures qu'elle accroche aux murs des couloirs et aligne des coquillages le long des plans de travail de la cuisine. La vaisselle sale s'entasse dans l'évier et sur la table basse. Livres et DVD jonchent le grand salon en piles désordonnées. Aucun lit n'est fait, et les salles de bains de la maison dégagent une odeur d'humidité et de renfermé.

Johnny mange du fromage avec les doigts et regarde des comédies anglaises à la télé. Un jour, il ramasse de vieux sachets de thé usagés et les jette dans un mug de jus d'orange.

– À quoi tu joues ? dis-je.

– Celui qui fait les plus grosses éclaboussures a gagné.

– Pourquoi ?

– Ne cherche pas à comprendre mon génie. Crois-en mon expérience : le jet par en dessous est la meilleure technique.

Je l'aide à élaborer un système de points. Cinq pour une gerbe digne d'un arroseur automatique, dix pour une flaque, et vingt pour une projection décorative sur le mur derrière le mug.

Toute la bouteille de jus d'orange y passe. Quand il en a terminé, Johnny abandonne sur place le mug et les sachets de thé abîmés, à moitié déchirés.

Je ne nettoie rien, moi non plus.

Gat possède une liste des cent meilleurs romans jamais écrits, et son ambition est de lire tous ceux qu'il parvient à dénicher sur l'île. Il y insère des Post-it pour retenir certains passages qu'il nous lit à voix haute. *L'Homme invisible. La Route des Indes. La Splendeur des Amberson.* Je ne l'écoute qu'à moitié, parce qu'il ne m'a pas embrassée et n'a pas eu le moindre élan de tendresse vers moi depuis que nous avons décidé de nous comporter normalement.

J'ai l'impression qu'il évite de se retrouver seul avec moi.

Et je l'évite, moi aussi. Parce que je sens mon corps vibrer des pieds à la tête quand je suis près de lui. Que le moindre de ses mouvements est chargé d'électricité. Je suis souvent tentée de l'enlacer ou d'effleurer ses lèvres. Quand je me laisse aller à ce genre de rêveries – si, par exemple, Johnny et Mirren disparaissent quelques instants et qu'on se retrouve seuls tous les deux, même rien qu'un instant –, la souffrance de mon mal d'amour est telle qu'elle fait rejaillir mes maux de tête.

Ma migraine m'apparaît comme une vieille sorcière ratatinée triturant de ses doigts cruels la chair à vif de mon cerveau. Elle titille mes nerfs, sonde l'intérieur de mon crâne pour voir si elle peut s'y installer. Si elle emménage, je suis bonne pour rester alitée pendant un jour ou deux.

Nous déjeunons sur le toit chaque midi ou presque.

Ils doivent aussi le faire quand je suis malade, j'imagine.

De temps à autre, une bouteille roule jusqu'au bord et s'écrase en contrebas. À vrai dire, le porche de la maison est jonché de bris de verre et de tessons poisseux à cause de la limonade.

Les mouches volent autour, attirées par le sucre.

47

À la fin de la deuxième semaine, je découvre Johnny seul dans le jardin en train de jouer avec des Lego qu'il a dû rapporter de Red Gate.

J'ai apporté des cornichons, des bâtonnets de fromage et un reste de thon grillé de la cuisine de New Clairmont. Nous décidons de ne pas grimper sur le toit rien que nous deux. Nous déballons les provisions et les posons sur le rebord du porche sale. Johnny m'explique qu'il aimerait construire Poudlard en Lego. Ou bien l'Étoile noire. Non, mieux encore ! Un thon en Lego pour décorer New Clairmont, maintenant que grand-père n'a plus aucun de ses poissons empaillés. Oui, voilà ! Dommage qu'il n'y ait pas assez de Lego sur cette île à la noix pour réaliser un projet aussi visionnaire.

– Pourquoi ne m'as-tu jamais appelée ni écrit après mon accident ? dis-je.

Je n'avais pas prévu de dire ça. C'est sorti tout seul.

– Oh, Cady…

Je me sens bête de lui avoir posé cette question, mais je veux savoir.

– Tu ne préfères pas parler de mon thon en Lego, plutôt ? me demande-t-il d'une voix langoureuse.

– J'ai pensé que mes e-mails t'avaient peut-être agacé. Ceux que je t'ai envoyés à propos de Gat.

– Non, non.

Il s'essuie les mains sur son tee-shirt.

– J'ai disparu parce que je suis un petit con. Parce que j'agis sans réfléchir, que j'ai vu trop de films d'action et que je me laisse influencer par les autres.

– Ah bon ? Ce n'est pas du tout l'image que j'ai de toi.

– C'est pourtant la triste vérité.

– Tu n'étais pas énervé contre moi, alors ?

– J'étais juste idiot et égoïste. Pas énervé du tout. Jamais de la vie. Excuse-moi, Cadence.

– Merci.

Il ramasse une poignée de Lego et commence à les assembler.

– Et Gat, pourquoi a-t-il disparu, alors ? Tu le sais ?

Il soupire.

– Ça, c'est un autre problème.

– Il m'a dit que je ne le connaissais pas vraiment.

– Peut-être.

– Il refuse qu'on parle de mon accident. Ou de ce qui s'est passé entre nous deux cet été-là. Il veut qu'on fasse comme si de rien n'était.

Johnny a aligné ses Lego par couleur pour dessiner des rayures bleues, blanches et vertes.

– Gat s'était mal comporté envers sa copine, Raquel, en sortant avec toi. Il savait que c'était dégueulasse de sa part, et il s'en voulait beaucoup.

– D'accord.

– Il ne voulait pas ressembler à tous ces mecs qui trompent leurs copines. Il veut être quelqu'un de bien. Cet été-là, il se sentait révolté. À cause de plein de trucs. Et il s'en est voulu encore plus de ne pas être là pour toi.

– Tu crois ?

– J'imagine, répond Johnny.

– Il a une copine en ce moment ?

– Oh, Cady... C'est un sale prétentieux. Je l'aime comme un frère, mais tu es trop bien pour lui. Trouve-toi plutôt un bon petit gars dans le Vermont avec des muscles comme Drake Loggerhead.

Il s'étouffe de rire.

– Tu es insupportable.

– J'avoue, dit-il. Et toi, arrête la guimauve.

48

À céder : *Ma sœur est une sorcière*, de Diana Wynne Jones.

C'est l'une des histoires de la série de *Chrestomanci* que nous lisait maman quand on avait huit ans, Gat et moi. Je l'ai relue plusieurs fois depuis. Gat sans doute pas.

J'ouvre le livre à la page de titre et y inscris une dédicace. « Pour Gat, avec tout, tout. Cady. »

Je me rends à Cuddledown de bonne heure le lendemain matin et y enjambe les vieilles tasses de thé et les DVD. Je frappe à la porte de sa chambre.

Pas de réponse.

Je frappe à nouveau, puis pousse la porte.

C'était la chambre de Taft, avant. Elle est remplie d'ours en peluche et de maquettes de bateaux, mais aussi de détails qui n'appartiennent qu'à Gat, comme les piles de livres, les sachets de chips vides et les noix de cajou écrasées par terre. Les bouteilles de jus de fruit et de soda à moitié pleines, les CD, la boîte de Scrabble avec la plupart de ses jetons éparpillés par terre. Le désordre est aussi terrible que dans le reste de la maison, voire pire.

De toute manière, il n'est pas là. Il a dû partir à la plage.

Je dépose le livre sur son oreiller.

49

Le soir, on se retrouve seuls tous les deux, sur le toit de Cuddledown. Mirren ne se sentait pas bien et Johnny l'a emmenée boire un thé dans la cuisine.

Des voix et de la musique nous parviennent de New Clairmont, où les tantes et grand-père mangent de la tarte aux myrtilles en sirotant du porto. Les petits regardent un film dans le salon.

Gat descend le long de la pente du toit, jusqu'à la gouttière, et remonte. Ça a l'air dangereux, il peut tomber à tout moment, mais il n'a pas peur.

C'est maintenant que je peux lui parler.

Maintenant qu'on peut arrêter de faire semblant de nous comporter normalement.

Je cherche les mots justes, la meilleure entrée en matière.

Soudain, il remonte à côté de moi en trois enjambées puissantes.

– Tu es tellement belle, Cady.

– C'est la lune. Ça fait toujours un joli teint aux filles.

– Je te trouve belle partout, tout le temps. (Sa silhouette se détache contre la lumière.) T'as un copain dans le Vermont ?

Bien sûr que non. Je n'ai jamais eu personne à part lui.

– Il s'appelle Percocet, dis-je. On est inséparables. Je suis même allée en Europe avec lui, l'été dernier.

– Ben dis donc.

Il a l'air contrarié. Il se lève et redescend vers le bord du toit.

– C'était une blague.

Il me tourne le dos.

– Tu ne veux surtout pas qu'on te plaigne…

– Non.

– … mais tu nous tends des perches sans arrêt. « Mon petit ami s'appelle Percocet. » Ou bien : « J'ai regardé fixement la cuvette bleue de mes toilettes italiennes. » En réalité, tu voudrais que tout le monde s'apitoie sur ton sort. Et on aimerait pouvoir le faire, moi le premier, sauf que tu n'as pas idée de la chance que tu as.

Mon visage s'enflamme.

Il a raison.

Je veux me faire plaindre. C'est vrai.

Et en même temps, je ne veux pas.

Je veux.

Et je ne veux pas.

– Désolée, dis-je.

– Harris t'a envoyée passer huit semaines en Europe. Tu crois qu'il ferait la même chose pour Johnny ou Mirren ? Non. Ni pour moi non plus, ça va de soi. Réfléchis avant de te plaindre de trucs que d'autres paieraient cher pour avoir.

Je tressaille.

– Tu dis que grand-père m'a envoyée en Europe ?

– Allons, lance Gat d'un ton amer, tu croyais vraiment que ton père avait financé ce voyage de sa poche ?

Je sais immédiatement qu'il dit la vérité.

Bien sûr que papa n'a pas financé ce voyage. Il n'aurait jamais pu. Les professeurs d'université ne peuvent pas s'offrir des billets d'avion en première classe ni des hôtels cinq étoiles.

Je suis tellement habituée aux vacances à Beechwood, aux garde-manger toujours bien remplis, à nos multiples bateaux à moteur, au personnel payé pour faire cuire les steaks ou laver le linge que je ne me suis jamais demandé d'où provenait tout cet argent.

Oui : grand-père m'a envoyée en Europe. Pourquoi ?

Pourquoi maman ne m'a-t-elle pas accompagnée, si le voyage était un cadeau de grand-père ? Et pourquoi papa a-t-il accepté autant d'argent de la part de Harris Sinclair ?

– Ta vie s'ouvre devant toi, riche d'un million de possibilités, poursuit Gat. Alors ça m'irrite de t'entendre jouer les victimes.

Gat, mon Gat.

Il a raison. Sur toute la ligne.

Mais il ne comprend pas tout non plus.

– Je sais que personne ne me maltraite, dis-je, soudain sur la défensive. Je sais que j'ai de l'argent, une bonne éducation. Que je mange toujours à ma faim. Que je ne suis pas en train de mourir du cancer. Beaucoup de gens ont des existences bien pires que la mienne. Et je sais que j'ai eu de la chance de visiter l'Europe. Je ne devrais pas me plaindre ou me montrer ingrate.

– Merci.

– Mais écoute-moi. Tu n'as pas idée de ce que ça fait d'avoir des maux de tête comme les miens. Non, pas la moindre idée. C'est horrible.

En disant ces mots, je réalise que des larmes roulent sur mes joues alors que je ne pleure même pas.

– Ça donne envie de ne plus vivre, même. Souvent, il m'arrive de penser que j'aimerais mieux mourir, oui, mourir, juste pour que la douleur s'arrête.

– Tu ne sais pas de quoi tu parles, réplique-t-il sèchement. Tu n'as pas le droit de dire ça. Tais-toi.

– Je voudrais juste ne plus souffrir. Les jours où les cachets ne marchent pas. Je veux que ça s'arrête, et je serais prête à faire n'importe quoi – vraiment n'importe quoi – si je savais avec certitude que ça ferait partir la douleur.

Il y a un silence. Gat descend jusqu'à l'extrémité inférieure du toit, le regard au loin.

– Que fais-tu, dans ces cas-là ? Quand la douleur est à ce point ?

– Rien. Je reste allongée et j'attends, en me répétant que ça finit toujours par s'arrêter. Que demain est un autre jour, suivi d'un autre jour. Et qu'un de ces jours, je me lèverai, j'irai manger un bol de céréales, et ça ira mieux.

– Un autre jour.

– Oui.

Il se retourne et remonte la pente du toit en deux enjambées. Soudain, ses bras m'enlacent et nous nous accrochons l'un à l'autre.

Il frissonne légèrement et m'embrasse dans le cou ; ses lèvres sont froides. Nous demeurons immobiles, dans les bras l'un de l'autre, pendant une minute ou deux,

et l'univers semble se remettre enfin en place,

et je sais que toute trace de colère en nous est effacée.

Gat embrasse ma bouche et caresse mes joues.

Je l'aime.

Je l'ai toujours aimé.

Nous restons là-haut sur le toit pendant un long, très long moment. Pour toujours.

50

Mirren est de plus en plus souvent malade. Elle se lève tard, s'applique du vernis sur les ongles, reste allongée au soleil et regarde des paysages africains dans un gros livre de photos. Mais elle ne fait plus de plongée. Ni de bateau. Elle ne joue plus au tennis et ne va plus à Edgartown.

Je lui apporte des Dragibus de New Clairmont. Je sais qu'elle en raffole.

Aujourd'hui, nous sommes toutes les deux seules sur la petite plage. Nous lisons des magazines que j'ai volés aux jumelles tout en croquant des minicarottes. Mirren a des écouteurs dans les oreilles. Elle écoute le même morceau en boucle sur mon iPhone.

Notre jeunesse est en ruine
Nous ne la bousillerons pas
Retiens bien mon nom
Parce qu'on est entrés dans l'Histoire
Na na na na, na na na

Je lui donne un coup de carotte.

– Quoi ?

– Arrête de chanter ou je ne réponds plus de rien.

Elle se tourne vers moi, l'air grave. Sort ses écouteurs de ses oreilles.

– Je peux te dire un truc, Cady ?

– Bien sûr.

– C'est à propos de toi et Gat. Je vous ai entendus redescendre du toit, hier soir.

– Et ?

– Je crois que tu devrais arrêter de lui courir après.

– Pardon ?

– Ça va mal finir et ça va tout gâcher.

– Je l'aime, dis-je. Tu sais que je l'ai toujours aimé.

– Tu ne lui facilites pas les choses. C'est déjà assez compliqué pour lui. Tu vas le faire souffrir.

– Faux. C'est plutôt moi qui risque de souffrir à cause de lui.

– C'est possible, en effet. Mais je crois que vous deux ensemble, ce n'est pas une bonne idée.

– Tu ne comprends pas que je préfère souffrir à cause de Gat que d'être séparée de lui ? dis-je en me rasseyant sur le sable. Je préfère un million de fois vivre et prendre des risques, quitte à le payer très cher, plutôt que de rester enfermée dans une boîte comme je l'ai fait pendant deux ans. Une boîte minuscule, Mirren. Moi et maman. Moi et mes cachets. Moi et mes migraines. Je ne veux plus jamais y retourner.

Un silence flotte dans l'air.

– Je n'ai jamais eu de petit ami, lâche soudain Mirren.

Je la regarde dans les yeux. J'y vois des larmes.

– Et Drake Loggerhead ? Et les roses jaunes, les rapports intimes ?

Elle baisse la tête.

– J'ai menti.

– Pourquoi ?

– Beechwood, c'est comme un autre monde. Quand on arrive ici, on n'est plus obligé d'être la personne qu'on est chez soi. On peut devenir qui on voudrait être… enfin, peut-être.

J'opine.

– Dès le premier jour de ton retour, j'ai remarqué l'attitude de Gat. Il te regardait comme si tu étais l'étoile la plus brillante de la galaxie.

– Ah ?

– J'aimerais tellement que quelqu'un me regarde comme ça, Cady. Et je ne voulais pas mentir, mais ça m'a pris tout à coup. Excuse-moi.

Je ne sais pas quoi dire. Je prends une grande inspiration.

Mirren s'énerve.

– Ne prends pas cet air horrifié, OK ? Ça m'est égal. Je me fiche de ne pas avoir de copain. Je m'en fiche si personne au monde ne m'aime. Je peux m'en passer.

J'entends maman m'appeler depuis New Clairmont :

– Cadence ! Tu es là ?

Je hurle pour lui répondre :

– Quoi, qu'est-ce qu'il y a ?

– C'est le jour de congé de la cuisinière. Je m'occupe du déjeuner. Viens couper les tomates !

– J'arrive dans une minute.

Je soupire et me tourne vers Mirren.

– Il faut que j'y aille.

Elle ne réagit même pas. J'enfile mon sweat à capuche et remonte en direction de la maison.

Dans la cuisine, maman me tend un couteau et la leçon de morale commence.

Bla-bla-bla. Tu es toujours fourrée sur cette plage.

Bla-bla-bla. Tu devrais jouer avec les petits.

Grand-père n'est pas éternel, figure-toi.

Tu as remarqué que tu avais attrapé un coup de soleil ?

Je coupe et je tranche, piochant au fur et à mesure dans un panier de tomates anciennes aux formes biscornues. Il y en a des jaunes, des vertes et des rouge cendré.

51

J'en suis déjà à ma troisième semaine sur l'île quand une nouvelle crise de migraine me cloue au lit pendant deux jours. Ou peut-être trois. Je ne sais même plus. Ma réserve de médocs commence sérieusement à diminuer alors que j'avais pris soin de passer à la pharmacie avec mon ordonnance, juste avant les vacances, pour me procurer un flacon neuf.

Je me demande si maman n'a pas pioché dans mes cachets. Voire depuis toujours, qui sait.

Peut-être les jumelles sont-elles revenues fouiller dans ma chambre et me voler des trucs dont elles n'ont pas besoin. À moins qu'elles soient accros aux médocs.

Ou peut-être que j'en consomme plus que je ne crois. Que je double ou triple les doses quand j'ai vraiment trop mal. En oubliant que j'en ai déjà pris.

J'ai peur d'avouer à maman que je vais bientôt en manquer.

Dès que la crise s'arrête, je file à Cuddledown. Le soleil est bas dans le ciel. Le porche est jonché de bouteilles cassées. À l'intérieur, les rubans sont tombés du plafond et gisent entremêlés par terre. Les assiettes sales dans l'évier sont à présent recouvertes d'une fine croûte de nourriture séchée. Les nappes jetées sur la table du salon sont crasseuses. La table basse est maculée de taches rondes laissées par les mugs de thé.

Je découvre les Menteurs agglutinés dans la chambre de Mirren, en train de consulter la Bible.

– On se dispute à cause d'un mot au Scrabble, m'explique Mirren dès que j'entre.

Elle referme le livre.

– Gat avait raison, comme toujours. Un vrai Monsieur Je-Sais-Tout. Tu n'es pas au courant que ça énerve les filles ?

Les lettres du Scrabble sont éparpillées par terre dans le grand salon. Je les ai vues en entrant.

Ils n'étaient pas du tout en train d'y jouer.

– Vous avez fait quoi, ces derniers jours ? je leur demande.

– Oh là là, soupire Johnny en s'étirant sur le lit de Mirren. J'ai déjà oublié.

– C'était le 4 juillet, explique Mirren. Le jour de la fête nationale. On a d'abord dîné à New Clairmont, puis on est tous partis en bateau voir les feux d'artifice sur Martha's Vineyard.

– Aujourd'hui, on est allés à la boutique de donuts de Nantucket, ajoute Gat.

Ils ne vont nulle part d'habitude. Jamais. Ils ne voient jamais personne. Et soudain, pendant que j'étais malade, ils sont allés partout, faire un milliard de trucs ?

– *Flocons de sucre,* dis-je. Le nom de la boutique de donuts.

– Ouais. Les meilleurs donuts au monde, affirme Johnny.

– Tu as horreur des donuts.

– Exact, intervient Mirren. C'est pour ça qu'on a pris des beignets glacés à la place.

– Fourrés à la crème pâtissière, précise Gat.

– Et à la confiture, renchérit Johnny.

Je sais que *Flocons de sucre* ne vend que des donuts traditionnels. On n'y trouve pas de beignets glacés. Encore moins fourrés à la crème pâtissière. Ou à la confiture.

Pourquoi mentent-ils ?

52

Je dîne avec maman et les petits à New Clairmont, mais une nouvelle crise de migraine me frappe pendant la nuit. Encore pire que la précédente. Je reste étendue dans la pénombre de ma chambre. Des oiseaux charognards viennent picorer la vase qui suinte de mon crâne meurtri.

Quand j'ouvre les yeux, Gat est à mon chevet. Je le distingue à travers une nappe de brouillard. Les rideaux laissent passer de la lumière, il doit faire jour dehors.

Gat ne vient jamais à Windemere. Pourtant, il est bien là. En train d'examiner la feuille de papier millimétré collée au-dessus de mon lit. De lire mes Post-it. Mes bribes de souvenirs et les indices que j'ai rassemblés depuis mon arrivée sur l'île : la mort des chiens, grand-père et l'oie en ivoire, le livre de Moriarty dont Gat m'a fait cadeau, la dispute des tantes à propos de la maison de Boston.

– Ne lis pas mes notes, dis-je dans un gémissement. Arrête.

Il recule.

– C'est au mur, à la vue de tout le monde. Désolé.

Je roule sur le côté et presse ma joue contre l'oreiller brûlant.

– J'ignorais que tu consignais tout ça par écrit.

Il s'assoit au bord du lit. Me prend la main.

– J'essaie de me remémorer ce dont tout le monde refuse de parler, dis-je. Y compris toi.

– Je veux en parler.

– Vraiment ?

Il regarde fixement le sol.

– J'avais une copine, il y a deux ans.

– Je sais. Je le savais déjà à l'époque.

– Mais je ne t'en ai jamais parlé.

– Non, en effet.

– Je suis tombé fou amoureux de toi, Cady. C'était irrésistible. Je sais que j'aurais dû t'avouer la vérité et rompre avec Raquel. Mais... elle vivait à New York, comme moi. Je ne te voyais pas de l'année, mon téléphone ne passait pas sur l'île et je recevais sans arrêt des paquets de sa part. Des lettres, aussi. Pendant tout l'été.

Je le dévisage.

– J'ai été lâche, dit-il.

– Ouais.

– C'était cruel. Envers toi, et envers elle.

Mon visage s'enflamme au souvenir de ma jalousie, soudain ravivée.

– Pardonne-moi, Cady, poursuit-il. C'est ce que j'aurais dû te dire dès ton arrivée, cette année. J'ai mal agi et je m'en excuse.

J'opine. C'est une satisfaction de l'entendre prononcer ces mots. Si seulement je n'avais pas le cerveau aussi embrumé par les médocs.

– Je passe la moitié du temps à me haïr pour tout ce que je fais, dit-il. Mais ce qui me détruit le plus, ce sont mes contradictions : quand je ne suis pas en train de me détester, je me sens valeureux et supérieur, incompris des autres. Comme si le monde entier était injuste envers moi.

– Pourquoi te détestes-tu autant ?

Avant que je saisisse ce qui se passe, Gat s'allonge à côté de moi. Ses doigts glacés serrent mes doigts brûlants, son visage tout contre le mien. Il m'embrasse.

– Parce que je veux ce que je ne pourrai jamais avoir, murmure-t-il.

Mais je suis déjà à lui. Comment peut-il ne pas savoir que je lui appartiens ?

Ou bien est-il en train de parler de quelqu'un d'autre, de quelque chose qu'il ne peut atteindre ? Un objet matériel, un rêve ?

Je transpire, ma tête me fait souffrir. Je n'arrive pas à réfléchir clairement.

– Mirren pense que ça va mal finir et que je ferais mieux de te laisser tranquille, dis-je.

Il m'embrasse à nouveau.

– Quelqu'un m'a fait quelque chose de si horrible que mon subconscient refuse de s'en souvenir, murmuré-je.

– Je t'aime.

Nous restons enlacés un long moment à nous embrasser.

La douleur logée au fond de mon crâne se dissipe un peu. Mais pas complètement.

Quand je me réveille, il est minuit.

Gat a disparu.

J'ouvre les stores, regarde au-dehors et lève la vitre pour laisser entrer un peu d'air.

Tante Carrie se promène encore en chemise de nuit. Elle passe devant Windemere en serrant ses épaules trop maigres à la lueur de la lune. Elle n'a même pas pris ses bottes fourrées, cette fois.

Depuis Red Gate, j'entends Will hurler, terrifié par un cauchemar :

– Maman ! Maman, j'ai besoin de toi !

Mais soit Carrie ne l'entend pas, soit elle n'a pas l'intention d'aller le voir. Elle bifurque sur la promenade et commence à grimper la colline en direction de New Clairmont.

53

À céder : une caisse de Lego en plastique.

J'ai maintenant distribué tous mes livres. J'en ai offert certains aux petits, un autre à Gat, et je suis allée donner le reste avec tante Bess à une boutique de charité sur Martha's Vineyard.

Ce matin, je farfouille dans le grenier. J'y trouve une caisse de Lego que j'apporte à Johnny. Je le retrouve seul dans le grand salon de Cuddledown, en train de jeter des morceaux de pâte à modeler sur le mur et d'admirer les taches multicolores sur la peinture blanche.

En voyant ce que je tiens entre mes mains, il fait non de la tête.

– C'est pour le thon en Lego, insisté-je. Maintenant, tu as assez de pièces.

– J'ai laissé tomber l'idée, dit-il.

– Pourquoi ça ?

– Trop compliqué. Donne-les à Will.

– N'est-ce pas les siens que tu avais empruntés ?

– Je les lui ai rendus. Ils lui manquaient trop. Il sera ravi d'en avoir d'autres.

J'apporte la caisse à Will au moment du déjeuner. Elle contient plusieurs bonshommes et des pièces détachées pour construire des voitures.

Il est fou de joie. Taft et lui font des voitures pendant tout le repas. Ils ne mangent même pas.

54

Ce même après-midi, les Menteurs sortent les kayaks.

– Qu'est-ce que vous faites ? dis-je.

– On va contourner la pointe pour aller à un endroit spécial qu'on connaît, explique Johnny. On l'a déjà fait.

– Cady ne devrait pas venir avec nous, décrète Mirren.

– Pourquoi ?

– À cause de sa tête ! s'emporte ma cousine. Tu veux qu'elle se blesse à nouveau et que ses crises de migraine s'aggravent ? Tu as un cerveau pour réfléchir, ou quoi ?

– T'as besoin de me hurler dessus ? lui hurle Johnny en retour. Arrête de jouer les chefs !

Pourquoi refusent-ils que je les accompagne ?

– Tu peux venir, Cadence, intervient Gat. Je ne vois pas d'inconvénients à ce qu'elle vienne avec nous.

Je n'ai aucune envie de m'imposer si ma présence n'est pas souhaitée, mais Gat tapote la place vide devant lui, alors je m'assois.

Je ne veux plus être séparée d'eux.

Jamais.

Nous longeons la baie en pagayant dans nos kayaks biplaces, passons en bas de Windemere et atteignons une crique. La maison de ma mère est construite en surplomb d'un amas de rochers déchiquetés qui forment presque une grotte. Nous laissons nos embarcations sur la rive rocailleuse et grimpons nous mettre au frais et au sec.

Mirren a le mal de mer bien que le trajet n'ait duré que quelques minutes. Sa santé est tellement fragile ces temps-ci, personne ne s'en étonne. Elle s'allonge, les bras en travers du visage. Je m'attends plus ou moins à ce que les garçons déballent un pique-nique – ils ont emporté un sac en toile avec eux – mais, au lieu de ça, ils se mettent à escalader les rochers. Ce n'est pas leur première fois, ça se voit. Pieds nus, ils grimpent jusqu'au point culminant situé à sept ou huit mètres de hauteur, une sorte de promontoire naturel qui s'avance au-dessus de la mer.

Je les regarde s'installer.

– Qu'est-ce que vous fabriquez ?

– Un truc de vrais mecs ! me répond Johnny, sa voix reprise par l'écho.

Gat éclate de rire.

– Non, allez ! dis-je.

– Tu nous prends peut-être pour des petits gars de la ville, mais en vrai, on est des machines de virilité et de testostérone.

– Ben voyons.

– Tu vas voir.

– Laissez-moi vous rejoindre !

– Pas question ! lâche Mirren.

– Johnny m'a tentée. Maintenant, c'est trop tard.

Je commence à suivre le même chemin que les garçons. La roche est froide, plus glissante que je ne l'aurais pensé.

– Arrête, insiste Mirren. C'est pour ça que je ne voulais pas que tu viennes.

– Et toi, pourquoi es-tu là ? Tu vas monter aussi ?

– J'ai sauté la dernière fois. Ça m'a suffi.

– Ils vont sauter ?

Ça me paraît impossible.

– Arrête, Cady. C'est dangereux, me lance Gat.

Mais avant même que je termine mon ascension, Johnny se pince le nez et saute. Il se jette dans le vide, les pieds en avant, depuis le haut de la falaise.

Je hurle.

Il crève violemment la surface de l'eau à un endroit où le fond marin est hérissé de rochers. Impossible de déterminer la profondeur. Johnny pourrait bien y laisser sa peau. Il pourrait... mais il émerge quelques instants plus tard en s'ébrouant et en secouant sa courte tignasse blonde avec des cris de joie.

– T'es dingue ! je m'exclame.

Vient ensuite le tour de Gat. Contrairement à Johnny, qui a braillé comme un fou et agité les pieds pendant toute la durée de sa chute, Gat reste silencieux, les jambes bien jointes. Il pénètre dans l'eau glacée avec à peine une éclaboussure. Il ressort, l'air heureux, et essore son tee-shirt tout en remontant au sec sur les rochers.

– Quelle bande d'imbéciles, lâche Mirren.

Je lève les yeux vers leur plongeoir. Il semble impossible de survivre à un tel saut.

Soudain, j'ai une furieuse envie de tenter le coup. Je recommence à grimper.

– Non, Cady, me lance Gat. Ne fais pas ça, je t'en prie !

– Tu viens de le faire, dis-je. Et tu as dit que j'avais le droit de vous accompagner.

Mirren se redresse en position assise, le teint livide.

– Je veux rentrer à la maison, dit-elle d'un ton pressant. Maintenant. Je ne me sens pas bien.

– Arrête, Cady ! me lance à son tour Johnny. C'est trop escarpé. On n'aurait jamais dû t'emmener avec nous !

– Je ne suis pas invalide. Je sais nager.

– Ce n'est pas le problème. C'est... ce n'est pas une bonne idée !

– Pourquoi ce serait une bonne idée pour vous, et pas pour moi ? dis-je sèchement.

J'ai presque atteint le sommet. Mes doigts me brûlent à force d'agripper la roche. Je sens l'adrénaline couler à flots dans mes veines.

– On a fait les cons, dit Gat.

– Pour se donner en spectacle, renchérit Johnny.

– Redescends, je t'en supplie.

Mirren est en larmes, à présent.

Je ne les écoute pas. Je me tiens assise, genoux repliés contre ma poitrine, au bord du rocher d'où les garçons ont sauté. Je regarde la mer tourbillonner en contrebas. Des taches sombres apparaissent, tapies sous la surface, mais je repère également une zone plus claire. En visant correctement, je tomberai pile en eau profonde.

– *Fais toujours ce qui te fait peur !* m'écrié-je.

– C'est une devise stupide, répond Mirren. Je te l'ai déjà dit !

Je prouverai ma force à ceux qui me croient malade.

Je prouverai mon courage à ceux qui me croient faible.

Le vent souffle fort, là-haut. Mirren pleure à chaudes larmes. Gat et Johnny me hurlent un tas de choses.

Je ferme les yeux et je saute.

Le choc de l'eau est électrique. Excitant. Je m'érafle une jambe contre un rocher, la gauche. Je m'enfonce dans les profondeurs,

jusqu'au fond rocailleux tout en bas, et

je vois le socle de Beechwood Island et

je ne sens plus mes bras ni mes jambes alors que j'ai les doigts glacés. Des fragments d'algues flottent autour de moi à mesure que je sombre.

Alors, soudain, je remonte à la surface et je respire.

Tout va bien,

ma tête n'a rien,

inutile de pleurer ou de s'inquiéter pour moi.

Je vais bien,

je suis vivante,

je regagne le rivage.

Je me demande parfois si la réalité peut se diviser en deux branches. Dans *Ma sœur est une sorcière*, le livre que j'ai offert à Gat, il est question d'univers parallèles dans lesquels des événements différents arrivent aux mêmes personnes. Parce qu'un autre choix a été fait à un moment donné, ou parce qu'un accident n'a pas eu les mêmes conséquences. Tous les personnages ont des doubles d'eux-mêmes dans ces autres mondes. Des répliques identiques menant des vies différentes, avec un destin différent.

Des variations.

Je me demande, par exemple, s'il existe une variante de cette journée dans laquelle je trouve la mort en sautant du haut du rocher. Mes cendres sont dispersées au large de la petite plage pendant mes funérailles. Un million de pivoines flottent autour de mon corps noyé, et l'assistance verse des larmes de chagrin et de regrets. Je fais un très beau cadavre.

Je me demande s'il existe une autre variante dans laquelle Johnny se retrouve gravement blessé, dos et jambes écrasés contre les rochers. Nous n'avons aucun moyen de prévenir les urgences et nous devons le ramener en kayak, à la rame, avec ses nerfs sectionnés. Le temps qu'un hélicoptère le dépose dans l'enceinte de l'hôpital, nous savons déjà qu'il ne pourra plus jamais marcher.

Ou une autre variante encore, dans laquelle je ne me joins pas à l'expédition des Menteurs. Je les laisse me rejeter. Ils font un tas de choses sans moi et me mentent sur leurs activités. Un fossé se creuse peu à peu entre nous et notre paradis estival finit par tomber aux oubliettes.

Il me semble à moi que toutes ces variantes existent, pour de vrai.

55

La nuit, je me réveille, j'ai froid. J'ai repoussé mes couvertures pendant mon sommeil et la fenêtre est ouverte. Je me rassois trop vite dans mon lit et la tête me tourne.

Un souvenir.

Tante Carrie pleure. Penchée en avant, le visage ruisselant de larmes et de morve qu'elle n'essuie même pas. Le corps plié en deux, parcouru de soubresauts, comme si elle était sur le point de vomir. Il fait nuit et elle porte une chemise de coton blanc avec un coupe-vent jeté sur ses épaules – celui de Johnny, à carreaux bleus.

Pourquoi porte-t-elle le coupe-vent de Johnny ?

Pourquoi est-elle si triste ?

Je me lève, trouve un sweat et une paire de chaussures. J'attrape une lampe torche et prends le chemin de Cuddledown. Le grand salon est vide, baigné par le clair de lune. Des bouteilles s'alignent sur le comptoir de la cuisine. Quelqu'un a oublié une pomme coupée en deux et la chair du fruit est en train de brunir. J'en sens l'odeur.

Mirren est là. Je ne l'ai pas vue tout de suite. Enroulée dans une couverture rayée, elle est assise contre le canapé.

– Tu es réveillée, murmure-t-elle.

– Je voulais te voir.

– Pourquoi ?

– Un souvenir m'est revenu. Tante Carrie. Elle sanglotait, avec le blouson de Johnny sur le dos. Tu te souviens de l'avoir vue pleurer ?

– Des fois.

– Mais à l'été quinze, quand elle avait les cheveux courts ?

– Non, répond Mirren.

– Pourquoi tu ne dors pas ? dis-je.

Elle secoue la tête.

– Aucune idée.

Je m'assois.

– Je peux te poser une question ?

– Bien sûr.

– J'ai besoin que tu me racontes ce qui s'est passé avant mon accident. Et après. Tu dis toujours que ce n'est pas important… mais il a forcément dû m'arriver autre chose qu'une simple blessure à la tête pendant un bain de minuit.

– Hmm.

– Tu sais ce que c'est ?

– Penny dit que les médecins ne veulent pas qu'on en parle. Tu retrouveras la mémoire par toi-même et personne ne doit intervenir dans ce processus.

– Mais je te le demande, Mirren. J'ai besoin de savoir.

Elle pose sa tête sur ses genoux. Pensive.

– À ton avis, que t'est-il arrivé ?

– Je… je suppose que j'ai été victime de quelque chose. (J'ai beaucoup de mal à prononcer ces mots.) Que je me suis fait violer, agresser ou une horreur dans ce genre. C'est typiquement le genre de traumatisme qui rend les gens amnésiques, non ?

Mirren se frotte les lèvres.

– Je ne sais pas quoi te dire.

– Explique-moi ce qui s'est passé.

– C'était un été chaotique.

– Pourquoi ?

– C'est tout ce que je peux en dire, ma Cady chérie.

– Pourquoi ne mets-tu jamais le nez hors de Cuddledown ? dis-je soudain. Tu ne sors presque jamais de la maison, sauf pour aller sur la petite plage.

– Je suis allée faire du kayak, aujourd'hui.

– Mais tu as eu un malaise. Tu as peur d'aller dehors, c'est ça ? dis-je. Tu es agoraphobe ?

– Je ne me sens pas bien, Cady, répond-elle, sur la défensive. J'ai froid tout le temps, je n'arrête pas de grelotter. J'ai mal à la gorge. Si tu étais dans le même état que moi, tu ne sortirais pas non plus.

Je me sens dans un état bien pire que ça la plupart du temps mais, pour une fois, j'évite de parler de mes migraines.

– Il faut le dire à Bess. Que tu voies un médecin.

Elle fait non de la tête.

– C'est juste un rhume idiot dont je n'arrive pas à me débarrasser. Je fais ma chochotte. Tu veux bien aller me chercher une bière au gingembre ?

La discussion est close. Je vais lui chercher sa boisson et on allume la télé.

56

Le lendemain matin, un pneu-balançoire est accroché à l'une des branches du grand arbre dans le jardin de Windemere. Le même que celui qui pendait autrefois au vieil érable immense de la pelouse de Clairmont.

Il est parfait.

Comme celui sur lequel mamie Tipper me faisait tournoyer.

Papa.

Grand-père.

Maman.

Comme celui sur lequel Gat et moi nous étions embrassés en pleine nuit.

Je me souviens maintenant de Johnny, Mirren, Gat et moi, à l'été quinze, nous entassant tous les quatre à l'intérieur du pneu-balançoire de Clairmont. On avait du mal à tenir tous ensemble. On se donnait des coups de coude, on changeait de place. On pouffait de rire, on grommelait. On s'accusait les uns les autres d'avoir de trop grosses fesses. De sentir mauvais. Et on changeait à nouveau de configuration.

On a fini par y arriver. Mais on ne pouvait plus bouger. On s'était tellement enfoncés dans le pneu qu'il n'y avait plus moyen de le faire tourner. On a crié comme des fous pour que quelqu'un vienne nous pousser. Les jumelles, qui passaient par là, ont refusé de nous aider. Enfin, Taft et Will sont sortis de Clairmont et ont volé à notre secours. Grognant sous l'effort, ils nous ont propulsés en un bel arc de cercle. Notre poids était tel que, une fois qu'ils nous ont lâchés, on s'est mis à tourner de plus en plus vite, et on riait tellement fort qu'on en avait mal au ventre et mal au cœur.

Nous les Menteurs, tous les quatre. Je m'en souviens à présent.

La nouvelle balançoire a l'air solide. Les cordes ont été nouées soigneusement.

À l'intérieur du pneu, je découvre une enveloppe.

Avec l'écriture de Gat : « Pour Cady ».

Je l'ouvre.

Plus d'une douzaine de roses du Japon séchées s'en échappent.

57

Il était une fois un roi qui avait trois filles d'une grande beauté. Il réalisait le moindre de leurs désirs et, lorsqu'elles furent en âge de se marier, de somptueuses fêtes furent organisées pour célébrer les noces. Quand la plus jeune des princesses mit au monde une petite fille, le roi et la reine furent au comble du bonheur. Peu après, la deuxième princesse devint à son tour maman d'une petite fille, et cette nouvelle naissance fut également célébrée dans la joie.

Enfin, l'aînée des princesses accoucha de jumeaux – mais hélas, rien ne se déroula comme prévu. L'un des bébés était un petit garçon, vigoureux et bien humain ; l'autre n'était qu'un rongeur.

Il n'y eut pas de fête, cette fois. Ni d'annonce officielle.

L'aînée des princesses était consumée par la honte. L'un de ses enfants n'était rien de plus qu'un animal. Il ne serait jamais resplendissant, béni et tanné par le soleil, comme on l'attendait des membres de la famille royale.

Les enfants grandirent, et le rongeur aussi. Il était intelligent et se lavait toujours les moustaches. Il était malicieux et bien plus curieux que son frère ou ses cousines.

Pourtant, le roi et la reine ne supportaient toujours pas sa présence. Dès qu'elle en eut la possibilité, sa mère le posa sur ses deux pattes arrière, lui donna une petite sacoche contenant une myrtille et une poignée de noisettes, et l'envoya explorer le vaste monde.

Et il l'explora volontiers, car notre rongeur avait une expérience suffisante de la vie de château pour savoir que, s'il restait chez lui, il demeurerait à jamais un secret honteux, une source d'humiliation pour sa mère et pour tous ceux qui le connaissaient.

Sans regrets, il tourna le dos au palais qui l'avait vu grandir.

Là, il n'aurait même jamais eu de nom.

À présent, il était libre d'aller de l'avant et de se forger un nom dans le vaste monde.

Et peut-être,
oui, peut-être,
reviendrait-il un jour
mettre le feu à
ce putain de palais
et le réduire
en cendres.

Quatrième partie

AU FEU

58

Au feu.

Regardez.

Un incendie à la pointe sud de Beechwood Island. Là où l'érable trône au milieu de la grande pelouse.

La maison brûle. Les flammes dansent, éclairent le ciel.

Il n'y a personne pour les arrêter.

Au loin, j'aperçois les pompiers de Martha's Vineyard qui traversent la baie sur un bateau lumineux.

Et encore plus loin, le bateau des pompiers de Woods Hole avance péniblement en direction de l'incendie que nous avons allumé.

Gat, Johnny, Mirren et moi.

Nous avons allumé ce feu et il est en train de ravager Clairmont.

De réduire en cendres le palais du roi, celui qui avait trois filles d'une grande beauté.

C'est nous qui l'avons allumé.

Moi, Johnny, Gat et Mirren.

Je m'en souviens à présent
en un flash si violent que je bascule
m'enfonce dans les profondeurs

jusqu'au fond rocailleux, tout en bas, et
je vois le socle de Beechwood Island et
je ne sens plus mes bras ni mes jambes alors que j'ai les doigts glacés. Des fragments d'algues flottent autour de moi à mesure que je sombre.
Alors, je remonte à la surface et je respire
pendant que Clairmont continue à brûler.

Je suis dans mon lit à Windemere, aux premières lueurs de l'aube.

J'entame aujourd'hui ma dernière semaine sur l'île. Je titube vers la fenêtre, enroulée dans ma couverture.

New Clairmont est bien là. Avec sa modernité sévère et son jardin japonais.

Je la vois enfin pour ce qu'elle est. Une maison bâtie sur un tas de cendres. Les cendres de l'existence que grand-père a partagée avec mamie Tipper, les cendres de l'érable auquel pendait le pneu-balançoire, les cendres de la vieille demeure victorienne avec sa véranda et son hamac. La nouvelle demeure repose sur la tombe de tous les trophées et les symboles du clan Sinclair : les dessins du *New Yorker,* les animaux empaillés, les coussins brodés et les portraits de famille.

Nous avons mis le feu à tout ça.

Un soir où grand-père et les autres étaient tous partis en bateau,
où les domestiques étaient en congé
et où nous les Menteurs étions seuls sur l'île,
nous avons fait, ensemble, ce qui nous faisait le plus peur.
Nous n'avons pas détruit une maison, mais un symbole.
Nous l'avons réduit en cendres.

59

La porte de Cuddledown est verrouillée. Je cogne jusqu'à ce que Johnny vienne m'ouvrir, encore dans ses vêtements de la veille.

– Je prépare du thé prétentieux, marmonne-t-il.

– Tu as dormi tout habillé ?

– Ouais.

– On a allumé un incendie, dis-je, encore plantée sur le pas de la porte.

Ils ne pourront plus me mentir. Ils n'iront plus nulle part sans moi, ni ne prendront de décisions sans moi.

Je connais notre histoire, désormais. Nous sommes des criminels. La bande des quatre.

Johnny soutient mon regard un long moment sans dire un mot. Il finit par tourner les talons et repart dans la cuisine. Je le suis. Il verse l'eau de la bouilloire dans des tasses.

– De quoi d'autre te souviens-tu ? me demande-t-il.

J'hésite.

Je revois le feu. La fumée. L'immensité de Clairmont au milieu des flammes.

Je sais, de manière absolue et irrévocable, que c'est nous qui avons provoqué cet incendie.

Je revois la main de Mirren, avec son vernis doré et écaillé, portant un jerrican d'essence pour bateau.

Les pieds nus de Johnny dévalant les marches depuis Clairmont vers le hangar à bateau.

Grand-père debout contre un arbre, le visage éclairé par les flammes d'un feu de joie.

Non. Rectification.

Les flammes de sa maison en train de partir en fumée.

Ces souvenirs étaient là, tapis en moi, depuis le début. Je sais juste à quelle réalité ils se rapportent, désormais.

– Je ne me souviens pas de grand-chose d'autre, dis-je à Johnny. Je sais juste qu'on a mis le feu. Je revois les flammes.

Il s'allonge par terre dans la cuisine et étire ses bras au-dessus de sa tête.

– Tu te sens bien ?

– Je suis crevé, si tu veux savoir.

Il roule sur le ventre et presse son nez contre le sol.

– Elles disaient qu'elles ne voulaient plus jamais se revoir, marmonne-t-il dans le carrelage. Que tout était terminé et qu'elles allaient couper les ponts pour toujours.

– Qui ça ?

– Les tantes.

Je m'allonge à côté de lui, histoire d'entendre ce qu'il raconte.

– Elles étaient ivres mortes, soir après soir.

Il mâchonne ses mots, comme s'il avait du mal à les sortir.

– Et elles devenaient de plus en plus méchantes. Elles se hurlaient dessus. Titubaient à travers la pelouse. Grand-père ne faisait qu'envenimer les choses. On les regardait s'engueuler pour des trucs qui appartenaient à mamie Tipper, pour les œuvres d'art accrochées aux murs de Clairmont... mais surtout pour les baraques et le fric. Grand-père buvait trop, lui aussi, et ma mère voulait que je le manipule pour lui soutirer le plus d'argent possible. Parce que j'étais l'aîné des garçons. Elle me poussait sans arrêt à... à jouer le rôle du jeune héritier brillant. À dire du mal de vous autres. À incarner la jeunesse blanche idéale, l'avenir de la démocratie, ou je ne sais quelles conneries. Elle avait perdu les faveurs du patriarche et elle voulait que je devienne le chouchou de grand-père pour lui assurer sa part de l'héritage.

À mesure qu'il parle, des souvenirs me reviennent par rafales, si rapides et si vivaces que c'en est presque douloureux. Je frissonne et me cache les yeux.

– Tu te souviens d'autre chose à propos de l'incendie ? me demande mon cousin d'une voix douce. Ça te revient ?

Je ferme les paupières. J'essaie.

– Non. D'autres détails, oui, mais pas ceux-là.

Johnny prend ma main dans la sienne.

60

Au printemps juste avant l'été quinze, maman m'a demandé d'écrire à grand-père. Rien de très original. « Je pense bien à toi et je partage ton chagrin. J'espère que tu vas bien. »

Je lui envoyais de vrais messages – sur des cartes en bristol couleur crème avec « Cadence Sinclair Eastman » estampillé en haut.

« Cher grand-père, je viens de participer à une course à vélo de cinq kilomètres au profit de la recherche contre le cancer. Les entraînements de tennis reprennent la semaine prochaine. Notre club de lecture est en train de lire *Retour à Brideshead*. Je t'embrasse tendrement. »

– Rappelle-lui juste que tu tiens à lui, disait maman. Et que tu es une bonne personne. Une jeune fille bien élevée, la fierté de notre famille.

Je grognais. Cette démarche me semblait artificielle. Bien sûr que je tenais à grand-père. Je l'aimais beaucoup, je pensais souvent à lui. Mais je n'aimais pas l'idée de lui envoyer ces petits rappels de mon excellence tous les quinze jours.

– Il est très fragile, en ce moment, insistait maman. Il souffre. Il pense à l'avenir. Tu es l'aînée de ses petits-enfants.

– Johnny n'a que trois semaines de moins que moi.

– Justement. Johnny est un garçon, lui, et il n'a que trois semaines de moins que toi. Alors écris ta lettre.

J'ai fait comme elle me le demandait.

À Beechwood, pendant l'été quinze, les tantes ont comblé l'absence de mamie Tipper en faisant de la Gadoue et en s'occupant de grand-père comme s'il ne vivait pas seul à Boston depuis la mort de sa femme en octobre. Mais elles se disputaient. Sans la présence rassembleuse de leur défunte mère, elles se querellaient pour le moindre souvenir, pour ses bijoux, les vêtements dans sa penderie, et même ses chaussures. Ces choses-là n'avaient pas été réglées au moment du décès. La plaie était encore trop vive. On avait reporté ça aux vacances d'été. À notre arrivée à Beechwood, vers la fin du mois de juin, Bess avait déjà dressé l'inventaire des effets personnels de mamie Tipper dans la maison de Boston et s'apprêtait à commencer celui de Clairmont. Ses sœurs en avaient chacune une copie sur leurs tablettes, qu'elles consultaient régulièrement.

– J'ai toujours adoré cette décoration de Noël en jade.

– Ça m'étonne que tu t'en souviennes. Tu ne participais jamais à la décoration du sapin.

– Qui le défaisait, à ton avis ? Chaque année, c'est moi qui remballais toutes les décorations dans du papier de soie.

– Quel martyre.

– Et voici les boucles d'oreilles de perles noires que mère m'avait promises.

– Les perles noires ? Elle m'a toujours dit qu'elle me les réservait.

Les tantes ont commencé à se fondre l'une dans l'autre à mesure que les vacances s'écoulaient. Dispute après dispute, les vieilles blessures du passé ressortaient de sous le tapis pour se voir mêlées à celles du présent.

Des variantes.

– Dis à grand-père à quel point tu aimes les nappes brodées de mamie Tipper, m'a lancé un jour maman.

– Je ne les aime pas.

– À toi, il ne refusera rien.

Nous étions seules dans la cuisine de Windemere. Elle était ivre.

– Tu m'aimes, hein, Cadence ? Tu es tout ce qui me reste. Pas comme ton père.

– Je me fiche pas mal de ces vieilles nappes brodées.

– Alors mens. Parle-lui de celles de la maison de Boston. Les nappes couleur crème avec les broderies dessus.

C'était plus facile de lui promettre que je le ferais.

Et plus tard, je lui ai dit que j'avais rempli ma mission.

Mais Bess avait demandé la même chose à Mirren,
et aucune de nous
n'est allée parler à grand-père
de ces putains de nappes.

61

J'ai pris un bain de minuit avec Gat. On s'est allongés sur la promenade en bois pour admirer les étoiles. On s'est embrassés dans le grenier.

On est tombés amoureux.

Il m'a offert un livre. « Avec tout, tout. »

Nous n'avons pas évoqué Raquel. Je n'arrivais pas à lui poser la question. Et lui n'abordait jamais le sujet.

L'anniversaire des jumelles tombe le 14 juillet, et c'est chaque année l'occasion d'un grand banquet. Nous étions réunis à douze autour de la grande table sur la pelouse de Clairmont. Écrevisses et pommes de terre au caviar. Petits pots de beurre fondu. Minilégumes au basilic. Deux gâteaux, l'un à la vanille et l'autre au chocolat, attendaient à l'intérieur sur le plan de travail de la cuisine.

Les petits devenaient pénibles avec leurs écrevisses, ils s'amusaient à s'attaquer entre eux avec leurs pinces et aspiraient bruyamment l'intérieur des pattes. Johnny racontait des histoires. On riait avec Mirren. À notre grande surprise, grand-père s'est avancé vers nous et s'est assis entre Gat et moi.

– J'aimerais avoir votre avis, a-t-il déclaré. L'avis de la jeunesse.

– Ça tombe bien, nous en sommes de parfaits spécimens, a répliqué Johnny. Tu es venu t'asseoir du bon côté de la table.

– Vous savez tous, a poursuivi grand-père, que je ne vais pas en rajeunissant, malgré mon physique de jeune premier.

– Ben voyons, ai-je plaisanté.

– Thatcher et moi sommes en train de mettre de l'ordre dans mes affaires. J'envisage de léguer une bonne partie de ma fortune à mon université.

– À Harvard ? Pour quoi faire, papa ? est intervenue maman, qui s'était levée de sa chaise pour venir écouter derrière Mirren.

Grand-père a souri.

– Sans doute pour fonder une maison universitaire. Elle porterait mon nom, gravé au frontispice.

Il a donné un coup de coude à Gat.

– Comment faudrait-il la baptiser, hein, jeune homme ? Qu'en penses-tu ?

– Le foyer Harris Sinclair ? a suggéré Gat.

– Bof.

Grand-père a secoué la tête.

– On peut trouver mieux que ça. Johnny ?

– La maison Sinclair pour la détente, a répondu mon cousin en engloutissant une portion de courgettes.

– Et les petites faims, a ajouté Mirren. Oui, la maison Sinclair pour la détente et les petites faims !

Grand-père a tapé du plat de la main sur la table.

– Ça me plaît. Pas très pédagogique, mais diablement populaire. Je suis emballé. J'appelle Thatcher demain à la première heure. Je donnerai mon nom au bâtiment préféré des étudiants.

– Ça implique que tu meures avant, ai-je objecté.

– Exact. Mais imaginez votre fierté quand vous ferez vos études !

– Il est hors de question que tu meures avant qu'on entre à la fac, a protesté Mirren. Nous te l'interdisons.

– Si vous insistez, alors d'accord.

Grand-père a chipé un morceau d'écrevisse dans l'assiette de Mirren et l'a mangé.

Nous nous sommes laissé séduire, Mirren, Johnny et moi – fascinés par l'aura d'autorité que dégageait grand-père lorsqu'il nous décrivait Harvard, touchés par sa tendre espièglerie à nous demander notre avis et à rire de nos blagues. C'était le grand-père que nous avions toujours connu.

– Je ne trouve pas ça drôle, papa, a déclaré sèchement ma mère. Ne mêle pas les enfants à cette histoire.

– Nous ne sommes plus des enfants, ai-je répliqué. Nous comprenons ce qui se passe.

– Ça m'étonnerait. Autrement, vous ne le prendriez pas à la légère.

Un silence glacial s'est abattu sur la table. Même les petits se sont tus.

Carrie vivait avec Ed. Ils collectionnaient des œuvres d'art qui, avec un peu de chance, prendraient de la valeur avec le temps – ou non. Johnny et Will fréquentaient des écoles privées. Carrie avait ouvert une boutique de bijoux avec son avance sur l'héritage mais avait fait faillite quelques années plus tard. Ed gagnait de l'argent, bien assez pour l'entretenir, mais Carrie n'avait pas de revenus propres. Et ils n'étaient pas mariés. C'était lui le propriétaire de leur appartement, pas elle.

Bess élevait seule ses quatre enfants. Comme ses sœurs, elle avait de somptueuses sommes d'argent placées à la banque mais, au moment du divorce, Brody avait gardé la maison. Elle n'avait pas travaillé depuis son mariage et, avant cela, n'avait été qu'assistante au sein de la rédaction d'un magazine. Bess vivait sur son avance, et elle dépensait beaucoup.

Et maman. Son élevage de chiens de race ne rapportait pas grand-chose, et papa voulait revendre la maison de Burlington pour en toucher la moitié. Je savais que maman vivait sur son avance.

Nous.

Nous vivions sur son avance.

Cet argent n'était pas éternel.

Bref, quand grand-père a annoncé qu'il comptait léguer sa fortune à Harvard pour faire construire une résidence universitaire et qu'il nous a demandé notre avis, ce n'était pas du tout pour partager ses projets avec sa famille.

C'était une menace.

62

Quelques jours plus tard. La cérémonie de l'apéritif à Clairmont. Le rituel commençait entre dix-huit heures et dix-huit heures trente, selon l'heure d'arrivée des uns et des autres dans la grande maison au sommet de la colline. La cuisinière était en train de préparer le dîner et avait servi de la mousse de saumon accompagnée de petits crackers farineux. Je me suis glissée derrière elle et je suis allée prendre une bouteille de vin blanc pour les tantes dans le frigo.

Les petits ayant passé tout l'après-midi sur la grande plage, ils étaient allés se doucher et enfiler des vêtements propres sous la supervision de Gat, Johnny et Mirren à Red Gate, qui disposait d'une douche en plein air. Maman, Bess et Carrie étaient déjà assises autour de la table basse de Clairmont.

J'étais en train d'apporter le vin quand grand-père a fait son entrée.

– Dis-moi, Penny, a-t-il déclaré en se servant un verre de bourbon dans la carafe posée sur le buffet, comment va la vie à Windemere pour ta fille et toi, cette année, compte tenu de votre nouvelle configuration familiale ? Bess a peur que vous vous sentiez un peu seules, là-bas.

– Je n'ai jamais dit ça, a protesté Bess.

Carrie a plissé les yeux.

– Si, parfaitement, a insisté grand-père.

Il m'a fait signe de m'asseoir.

– Tu as mentionné les cinq chambres à coucher. La cuisine refaite à neuf, le fait que Penny soit désormais célibataire et qu'elle n'ait plus besoin de tant d'espace.

– C'est vrai, Bess ? a demandé maman d'un air sidéré.

L'intéressée n'a pas répondu. Elle s'est contentée de regarder au-dehors en se mordillant la lèvre.

– On s'y sent très bien, a répondu maman à grand-père. Nous adorons Windemere, n'est-ce pas, Cady ?

Grand-père m'a adressé un large sourire.

– Tu te plais là-bas, fillette ?

Je savais ce que j'étais censée répliquer : « Je fais plus que m'y plaire, je m'y sens chez moi. J'aime Windemere parce que tu l'as fait construire pour maman. Je rêve d'y élever mes propres enfants plus tard, ainsi que les enfants de mes enfants. Tu es tellement merveilleux, grand-père. Tu es notre patriarche adoré et je t'admire de toute mon âme. Je suis si heureuse d'être une Sinclair. Nous sommes la plus belle famille d'Amérique. »

Bon, j'exagère un peu. Mais j'étais censée aider maman à garder la maison en disant à mon grand-père qu'il était le chef incontesté, le pilier de notre bonheur, tout en lui rappelant discrètement que j'incarnais l'avenir de la famille. Le clan Sinclair, américain de souche, connaîtrait une nouvelle génération de beaux enfants, grands, blancs et riches, à condition qu'il nous permette de garder Windemere.

J'étais censée flatter l'orgueil de grand-père, lui assurer qu'il restait maître de la situation alors que son monde s'écroulait depuis la mort de mamie Tipper. J'étais censée obtenir ses faveurs en chantant ses louanges – et en faisant semblant de ne pas percevoir l'agression tapie derrière sa question.

Ma mère et ses sœurs dépendaient de grand-père et de sa fortune. Elles avaient eu la meilleure éducation, toutes les opportunités et les contacts dont on pouvait rêver, mais elles étaient incapables de subvenir elles-mêmes à leurs besoins. Aucune d'entre elles n'avait fait quoi que ce soit d'utile dans ce monde. Rien de nécessaire. De courageux. Elles étaient restées comme des petites filles s'efforçant de faire plaisir à leur papa. Il était leur unique gagne-pain – et elles n'aimaient que le pain de luxe.

– C'est trop grand pour nous, ai-je déclaré à grand-père.

J'ai quitté la pièce dans un silence de mort.

63

Après le dîner, maman et moi avons regagné Windemere sans un mot. Ce n'est qu'une fois la porte d'entrée refermée derrière nous qu'elle s'en est prise à moi.

– Pourquoi ne m'as-tu pas défendue devant ton grand-père ? Tu veux qu'on perde la maison, c'est ça ?

– On n'en a pas besoin.

– C'est moi qui ai choisi les peintures, les carrelages. Moi qui accroche le drapeau sous le porche chaque année pour la fête nationale.

– Il y a cinq chambres à coucher.

– Nous pensions avoir une plus grande famille. (Ses traits se crispent.) Mais les choses se sont passées autrement. Ça ne veut pas dire que je ne mérite pas cette maison.

– Mirren et les garçons auraient plus d'espace.

– C'est *ma* maison. On ne va quand même pas me déloger sous prétexte que Bess a eu trop d'enfants et quitté son mari. Elle n'a pas le droit de me voler ce qui m'appartient. C'est ici chez nous, Cadence. Nous devons nous battre pour protéger nos intérêts !

– Tu t'entends parler ? ai-je répliqué sèchement. Tu as une fortune placée à ton nom à la banque !

– Et alors ?

– Il y a des gens qui n'ont rien. Nous, on a tout. Mamie Tipper était la seule à consacrer l'argent de cette famille à des œuvres caritatives. Maintenant qu'elle est morte, vous ne vous intéressez qu'à ses perles, à ses décorations de Noël et à son patrimoine immobilier. Personne n'essaie d'employer son fric à quelque chose d'utile. Personne n'essaie de changer un peu le monde !

Elle s'est redressée, piquée au vif.

– Tu te sens tellement supérieure, hein ? Tu crois peut-être comprendre le monde mieux que moi ? J'ai entendu Gat faire son intéressant. Je t'ai vue boire ses paroles comme du petit-lait. Mais tu n'as jamais payé de factures, jamais fondé de famille, jamais possédé de maison, jamais rien vu du monde.

Tu n'es qu'une ignorante qui passe son temps à juger les autres !

– Et toi, tu es train de mettre cette famille en charpie, tout ça pour garder ta jolie petite villa !

Maman s'est avancée vers l'escalier.

– Tu vas retourner à Clairmont dès demain. Tu vas expliquer à grand-père que tu adores Windemere. Que tu veux en faire la maison de vacances de tes futurs enfants. Voilà ce que tu vas lui dire.

– Non. Tu devrais avoir le courage de t'opposer à lui. De lui demander de ne plus vous manipuler, toi et tes sœurs. Il se livre à ces petits jeux cruels parce qu'il fait une dépression depuis la mort de mamie Tipper, tu ne vois pas ? Pourquoi ne pas essayer de l'aider, de te chercher un boulot pour ne plus dépendre de son argent ? Ou donner simplement la maison à Bess ?

– Écoute-moi bien, jeune fille. (Sa voix était dure comme l'acier.) Tu vas aller parler de Windemere à ton grand-père, ou bien je t'expédie chez ton père dans le Colorado jusqu'à la fin de l'été. Dès demain. Je le jure, tu pars pour l'aéroport demain matin à la première heure. Et tu pourras dire adieu à ton petit chéri. Compris ?

Elle m'avait coincée.

Elle était au courant pour Gat et moi. Et elle avait le pouvoir de l'éloigner de moi.

Le pouvoir *et* l'envie.

J'étais amoureuse.

Je lui ai promis de faire ce qu'elle me demandait.

Quand j'ai dit à grand-père à quel point j'aimais la maison, il m'a souri en rétorquant qu'il savait que j'aurais de beaux enfants, un jour. Puis il a ajouté que Bess n'était qu'une harpie cupide et qu'il n'avait nullement l'intention de lui donner ma maison. Mais plus tard, Mirren m'a confié qu'il avait promis Windemere à Bess.

– Je m'occupe de tout, lui avait-il déclaré. Laissez-moi juste un peu de temps pour déloger Penny.

64

Deux jours après ma dispute avec maman, Gat et moi sommes allés sur le court de tennis au crépuscule. On lançait des balles à Fatima et Prince Philip, sans rien dire.

Gat a fini par prendre la parole :

– Tu as remarqué que Harris ne m'appelle jamais par mon prénom ?

– Comment ça ?

– Il m'appelle toujours « jeune homme ». Genre : Comment s'est passée ton année scolaire, jeune homme ?

– Pourquoi ?

– Parce que s'il m'appelait par mon prénom, ce serait comme s'il me disait : Comment s'est passée ton année scolaire, garçon indien dont l'oncle indien vit dans le péché avec ma fille blanche et pure ? Garçon indien que j'ai surpris en train d'embrasser ma précieuse Cadence ?

– Tu crois vraiment que c'est ce qu'il pense ?

– Il ne peut pas me blairer, a répondu Gat. Enfin, j'exagère. Il n'a rien contre moi, il se peut même qu'il apprécie Ed, mais il ne peut pas se résoudre à prononcer mon prénom ni à me regarder dans les yeux.

Il avait raison. Maintenant qu'il mettait le doigt dessus, c'était une évidence.

– Je ne dis pas qu'il se revendique de ces racistes qui n'aiment que les Blancs, a poursuivi Gat. Il sait qu'il n'est pas censé penser comme eux. Il est démocrate, il a voté pour Obama, mais ça ne veut pas dire qu'il est prêt à accueillir des gens de couleur au sein de sa noble famille. (Il a secoué la tête.) Il est hypocrite avec nous. Il n'aime pas l'idée que Carrie vive avec nous. Il n'appelle jamais Ed par son prénom. Il l'appelle « mon cher ». Et il fait toujours en sorte de me rappeler que je ne suis qu'une pièce rapportée, à la moindre occasion possible.

Gat caressait les oreilles duveteuses de Fatima.

– Tu l'as vu dans le grenier. Il préférerait que je garde mes distances avec toi.

Ce n'est pas comme ça que j'avais interprété la réaction de grand-père. J'y avais plutôt vu son embarras de nous avoir dérangés.

Prends garde à toi, jeune homme, lui avait-il dit. À ta caboche. Tu pourrais te faire mal.

C'était une autre menace.

– Tu savais que mon oncle a demandé Carrie en mariage, l'automne dernier ?

J'ai secoué la tête.

– Ça fait presque neuf ans qu'ils sont ensemble. Il est devenu comme un père pour Johnny et Will. Il s'est agenouillé et lui a demandé sa main, Cady. Il nous avait réunis tous ensemble, les garçons, ma mère et moi. Il avait décoré l'appartement avec des bougies et des roses. On était tous habillés en blanc, et on avait commandé des plats au resto italien préféré de Carrie. Ed a mis du Mozart.

« Avec Johnny, on lui disait : "Pourquoi te prendre la tête ? Elle vit déjà avec toi, mec." Mais il était nerveux. Il avait acheté une bague en diamant. Quand elle est arrivée, on est partis se planquer dans la chambre de Will pour les laisser tous les deux. L'idée, c'était qu'on sorte de notre cachette pour les féliciter... mais Carrie a dit non.

– Je croyais qu'ils ne voyaient pas l'intérêt de se marier.

– Ed serait partant, lui. Mais Carrie ne veut pas risquer de perdre sa putain de part d'héritage.

– Elle n'a même pas demandé à grand-père ?

– Justement, a répondu Gat. Tout le monde demande la bénédiction de Harris, sans arrêt. Pourquoi une femme adulte devrait-elle avoir la permission de son père pour se marier ?

– Grand-père ne lui aurait pas interdit de le faire.

– Certes, a dit Gat. Mais à l'époque où Carrie a emménagé avec Ed, Harris lui a clairement fait comprendre qu'il lui confisquerait sa part de l'héritage si elle l'épousait.

« Le truc, c'est que Harris ne supporte pas la couleur de peau d'Ed. Ce n'est qu'un sale raciste... comme l'était Tipper. Désolé. Je les aime tous les deux, pour plein de raisons, et ils se sont montrés plus que généreux en m'accueillant sur leur île chaque été. Je veux croire que Harris n'est même pas *conscient* de la raison profonde pour laquelle il méprise mon oncle... mais il le déteste en tout cas assez pour déshériter sa fille aînée.

Gat a soupiré. J'aimais la courbe de sa mâchoire, son tee-shirt troué, les petits mots qu'il m'écrivait, sa façon de penser, de parler en agitant les mains. Je m'imaginais encore tout connaître de lui.

Je me suis penchée pour l'embrasser. Je trouvais ça magique de pouvoir le faire, et tout aussi magique qu'il me rende mon baiser. Magique qu'on puisse se révéler nos faiblesses, nos peurs, notre fragilité.

– Pourquoi est-ce qu'on n'en a jamais parlé avant ? lui ai-je murmuré.

Il m'a de nouveau embrassée.

– J'aime être ici, a-t-il répondu. L'île, Johnny, Mirren. Les maisons et le bruit de l'océan. Toi.

– Pareil.

– Au fond de moi, je n'ai pas envie de gâcher tout ça. Ni de m'avouer que tout n'est pas parfait.

Je comprenais ce qu'il ressentait.

Du moins, je le croyais.

On a rejoint le sentier circulaire et on a fait le tour jusqu'à la grosse pierre plate en face du port. Les vagues venaient s'écraser au pied de l'île. On s'est blottis l'un contre l'autre, nos vêtements ont en partie volé et on a fait en sorte d'oublier, le plus longtemps possible, toutes les sordides petites histoires de la splendide famille Sinclair.

65

Il était une fois un riche marchand qui avait trois filles d'une grande beauté. Il les gâtait tellement que les deux plus jeunes passaient leurs journées à s'admirer elles-mêmes dans le miroir et à se pincer le visage pour avoir les joues roses.

Un jour, le marchand dut partir en voyage.

« Que voulez-vous que je vous rapporte ? » dit-il à ses filles.

La plus jeune réclama des robes de soie et de dentelle.

Celle du milieu exigea des rubis et des émeraudes.

L'aînée demanda seulement une rose.

Le marchand partit pendant de longs mois. Pour la plus jeune de ses filles, il remplit une malle de robes de toutes les couleurs. Pour celle du milieu, il parcourut les marchés en quête des plus beaux bijoux. Mais c'est seulement arrivé près de chez lui qu'il se rappela sa promesse de rapporter une rose à son aînée.

Une longue clôture métallique bordait la route avec, au loin, une grande demeure très sombre. Près de la clôture, le marchand fut ravi de découvrir un rosier chargé de fleurs écarlates. Plusieurs roses étaient facilement accessibles.

N'en cueillir qu'une seule fut un jeu d'enfant. Le marchand était en train de ranger son trophée dans sa besace lorsqu'un furieux grognement le fit s'arrêter net.

Une silhouette revêtue d'un large capuchon se tenait à un endroit où le marchand était sûr de n'avoir vu personne il y avait encore un instant. L'inconnu était de taille imposante, et il parla d'une voix grave :

« Tu me prends ce qui m'appartient sans même songer à me payer ?

– Qui êtes-vous ? demanda le marchand, tremblant de peur.

– Tu n'as pas besoin de savoir qui je suis, seulement que tu m'as volé. »

Le marchand expliqua qu'il avait promis de rapporter une rose à sa fille après un long voyage.

« Tu peux garder ta rose volée, dit l'inconnu, mais en échange, j'exige que tu me donnes la première de tes possessions que tu verras en rentrant chez toi. »

Il repoussa ensuite son capuchon, révélant le visage monstrueux d'une bête aux crocs acérés et dégoulinants de bave. Mi-sanglier, mi-chacal.

« Tu m'as contrarié, déclara la bête. Tu mourras si tu me contraries encore. »

Le marchand reprit son chemin aussi vite que son cheval le lui permettait. Il n'était encore qu'à un kilomètre de chez lui lorsqu'il vit sa fille aînée, qui l'attendait sur la route.

« Nous avons appris que tu allais arriver ce soir ! » s'écria-t-elle en accourant dans ses bras.

Elle était la première de ses possessions qu'il voyait en rentrant chez lui. Il comprit alors le prix de ce que lui avait demandé la bête.

Et que se passa-t-il ?

Nous savons que la Belle finit par aimer la Bête. Elle apprend à l'aimer d'amour malgré ce que pense sa famille – pour son charme, son éducation, sa connaissance de l'art et la sensibilité de son cœur.

En effet, le monstre est humain et l'a toujours été. Il n'a jamais été mi-sanglier, mi-chacal. Ce n'était qu'une affreuse illusion.

Le problème, c'est que le père a beaucoup de mal à s'en convaincre.

Il ne voit que les crocs et la bave, n'entend que les grognements immondes chaque fois que la Belle vient lui rendre visite avec son époux. Peu lui importe que son gendre soit érudit et bien élevé. Peu lui importe sa bonté d'âme.

Le père le voit comme un animal sauvage, et son dégoût ne le quittera jamais.

66

Un soir, à l'été quinze, Gat a jeté des petits cailloux contre ma vitre. J'ai sorti la tête et je l'ai vu debout entre les arbres, sa peau illuminée par le clair de lune, les yeux brillants.

Il m'attendait au pied du porche.

– J'ai une furieuse envie de chocolat, m'a-t-il chuchoté. Je vais faire un raid dans les placards de Clairmont. Tu m'accompagnes ?

J'ai fait oui de la tête et nous avons remonté l'étroite promenade de la colline, main dans la main. Nous avons fait le tour jusqu'à l'entrée latérale de Clairmont, celle qui donne sur le vestibule de service où sont entreposées les raquettes de tennis et les serviettes de plage. Une main sur la porte-moustiquaire, Gat s'est tourné vers moi et m'a attirée contre lui.

Ses lèvres chaudes se sont posées sur les miennes,

nos doigts toujours entremêlés,

ici, devant la porte de la maison.

L'espace d'un instant, nous étions seuls au monde,

avec toute l'immensité du ciel, de l'avenir et du passé autour de nous.

Nous avons traversé le vestibule sur la pointe des pieds pour atteindre le garde-manger jouxtant la cuisine. C'était une petite pièce à l'ancienne, dotée de solides étagères en bois et de vastes tiroirs conçus pour abriter les pots de confiture et les bocaux de cornichons, datant de la construction de la maison. Aujourd'hui, on y entreposait les biscuits, les caisses de vin, les sachets de chips, les légumes-racines et l'eau de Seltz. Nous avons laissé la lumière éteinte, au cas où quelqu'un entrerait dans la cuisine, mais nous étions sûrs que grand-père était le seul à dormir ici. Jamais il n'entendrait le moindre bruit, même dans le silence de la nuit. Il portait un Sonotone pendant la journée.

On était en train de farfouiller parmi les provisions quand on a entendu des voix. C'était les tantes qui entraient dans la cuisine, la bouche pâteuse, le ton hargneux.

– Les gens s'entretuent pour moins que ça, sifflait Bess. Je ferais mieux de partir d'ici avant de faire un truc que je vais regretter.

– Tu ne le penses pas vraiment, a répliqué Carrie.

– Ne me dis pas ce que je pense ! Tu as Ed. Tu n'as pas besoin de fric, moi si !

– Tu as déjà fait mainmise sur la maison de Boston, a lâché ma mère. Laisse cette île tranquille !

– Qui a tout fait pour l'enterrement de mère ? a rétorqué Bess. Qui est resté au chevet de papa pendant des semaines, qui s'est occupé de la paperasse et des pompes funèbres, qui s'est tapé toutes les cartes de remerciement à écrire ?

– Tu vis près de chez lui, a répondu ma mère. Tu étais sur place.

– J'avais une maison à tenir avec quatre enfants et du boulot. On ne peut pas en dire autant de certaines.

– J'ai un job à mi-temps, a répliqué ma mère. Et si je t'entends encore parler de tes quatre enfants, je hurle !

– J'avais une maison à tenir, moi aussi, a ajouté Carrie.

– Chacune de vous aurait pu venir une semaine ou deux. Vous vous êtes entièrement déchargées sur moi. C'est moi qui m'occupe de papa pendant l'année. Moi qui dois accourir quand il a besoin d'aide. Moi qui dois gérer sa démence et sa solitude.

– Ne dis pas ça, a protesté Carrie. Tu ne sais pas combien de fois il me téléphone. Tu ne sais pas ce que je dois endurer en silence juste pour être une *bonne fille*.

– Alors oui, cette baraque, je la veux, a poursuivi Bess comme si elle n'avait rien entendu. Je l'ai méritée. Qui emmenait mère à ses rendez-vous médicaux ? Qui restait à son chevet ?

– Tu es injuste, a dit maman. Tu sais que je suis passée. Et Carrie aussi.

– Oui, *passées*, a souligné Bess.

– Tu n'étais pas obligée d'en faire autant. Personne ne t'avait rien demandé.

– Personne d'autre n'était là pour le faire. Vous m'avez laissé tout le boulot sans jamais un seul merci. Je suis à l'étroit dans Cuddledown, avec la cuisine la plus minable. Vous n'y mettez jamais les pieds, venez voir comme c'est délabré ! Tout est pourri. Mère a fait rénover la cuisine de Windemere avant sa mort, et aussi les salles de bains de Red Gate, mais rien n'a changé à Cuddledown – et vous êtes là, à me refuser la maigre compensation à laquelle j'ai droit pour tout ce que j'ai fait et que je continue à faire, encore et encore !

– Tu as validé les plans de Cuddledown, a rétorqué Carrie. Tu voulais la vue. Tu es la seule de nous trois à avoir une maison en bord de mer, Bess… sans parler de l'approbation et de la dévotion éternelles de papa. Ça ne te suffit pas ? Dieu sait que nous n'aurons jamais cette chance !

– Tu as fait ton choix, a répondu Bess. Tu as choisi Ed. Tu as choisi de vivre avec lui. Tu as choisi d'amener Gat ici chaque été alors que tu sais pertinemment qu'il n'est pas des nôtres. Tu sais très bien ce qu'en pense papa. Non seulement tu continues à t'afficher avec Ed, mais tu t'obstines à amener son neveu sur l'île pour l'exhiber comme une petite fille insolente avec un jouet interdit. Tu as fait tout ça en parfaite connaissance de cause !

– Je t'interdis de parler d'Ed ! s'est exclamée Carrie. La ferme, tu m'entends ?

Un claquement sec a retenti – Carrie venait de gifler la bouche de sa sœur.

Bess est partie. Les portes ont claqué.

Maman est sortie à son tour.

Gat et moi nous sommes assis par terre dans le garde-manger en nous tenant la main. Sans respirer ni bouger pendant que Carrie rangeait les verres dans le lave-vaisselle.

67

Deux jours plus tard, grand-père a fait venir Johnny dans son bureau à Clairmont. Pour lui demander un service.

Johnny a refusé.

Grand-père l'a menacé de vider son plan d'épargne universitaire.

Johnny a répondu qu'il ne se mêlerait pas de la vie sentimentale de sa mère et qu'il n'aurait qu'à prendre un petit boulot pour payer ses études dans une fac de province moins chère.

Grand-père a appelé Thatcher.

Johnny a tout raconté à Carrie.

Carrie a demandé à Gat de ne plus venir dîner à Clairmont.

– Ça irrite Harris, a-t-elle expliqué. Il vaudrait mieux pour tout le monde que tu te fasses cuire une assiette de pâtes à Red Gate ou que Johnny t'apporte quelque chose de la cuisine. Tu comprends, n'est-ce pas ? C'est juste en attendant que les choses se tassent un peu.

Gat n'a pas compris.

Johnny non plus.

Peu après, Bess a demandé à Mirren de mettre davantage la pression à grand-père pour Windemere. Elle devait aller le voir dans son bureau avec Bonnie, Liberty et Taft. Ils incarnaient tous les quatre l'avenir de la famille, était-elle censée affirmer. Johnny et Cady n'avaient pas le niveau en maths pour intégrer Harvard, contrairement à Mirren. C'était une future femme d'affaires, la seule capable de porter les valeurs de grand-père. Johnny et Cady étaient trop insouciants. Et n'oublions pas ces chères têtes blondes : les adorables jumelles, Taft et ses taches de rousseur. C'étaient des Sinclair, de chair et de sang.

Dis-lui bien tout cela, a ordonné Bess. Mais Mirren a refusé.

Sa mère lui a confisqué son téléphone, son ordi et son argent de poche.

Mirren tenait bon.

Un soir, maman m'a cuisinée à propos de Gat et moi.

– Grand-père sait qu'il se trame un truc entre vous deux. Il est très mécontent.

Je lui ai répondu que j'étais amoureuse.

Elle m'a ordonné de me ressaisir.

– Tu mets en péril ton avenir, a-t-elle ajouté. Notre maison. Ton éducation. Tout ça pour quoi ?

– L'amour.

– Un simple flirt de vacances. Laisse ce garçon tranquille.

– Non.

– L'amour ne dure pas, Cady. Tu le sais.

– Pas du tout.

– Eh bien, crois-moi sur parole.

– On n'est pas comme papa et toi, ai-je rétorqué. Rien à voir.

Maman a croisé les bras.

– Grandis un peu, Cadence. Vois le monde tel qu'il est, et non tel que tu voudrais qu'il soit.

Je l'ai bien regardée. Ma mère, cette femme séduisante et élancée, avec sa belle chevelure, le pli dur et amer de sa bouche. Jamais ses veines ne s'étaient ouvertes. Jamais son cœur n'avait bondi hors de sa poitrine pour frétiller, impuissant, sur la pelouse. Jamais elle ne se répandait en flaques. Elle était normale. En toutes circonstances. À tout prix.

– Pour le bien-être de notre famille, a-t-elle fini par déclarer, je t'ordonne de mettre fin à cette histoire.

– Sûrement pas.

– Il le faut. Et quand ce sera fait, veille à ce que grand-père soit au courant. Dis-lui que c'est sans importance, que ça l'a toujours été. Dis-lui qu'il n'a plus à s'inquiéter à cause de ce garçon et parle-lui de Harvard, de ton club de tennis et du futur qui s'ouvre à toi. Me suis-je bien fait comprendre ?

Non, je ne comprenais pas et je refusais même d'essayer.

Je me suis enfuie de la maison pour aller retrouver Gat.

J'ai saigné entre ses bras, mais il ne m'en voulait pas.

Plus tard dans la soirée, Mirren, Gat, Johnny et moi nous sommes rendus dans le cabanon à outils derrière Clairmont. Nous y avons trouvé des marteaux. Comme il n'y en avait que deux, Gat a emporté une clé anglaise, et moi une paire de grosses cisailles pour le jardin.

Nous sommes allés récupérer les oies en ivoire à Clairmont, les éléphants à Windemere, les singes à Red Gate et le crapaud à Cuddledown. Nous les avons descendus sur le ponton, dans le noir, et les avons écrasés à coups de marteau, de clé anglaise et de cisailles jusqu'à ce qu'il n'en reste plus que de la poussière d'ivoire.

Gat a rempli un seau d'eau de mer glacée et a rincé le ponton.

68

Nous avons réfléchi.
Nous avons discuté.
Et si, nous disions-nous,
et si
dans un autre univers,
une réalité parallèle,
Clairmont se voyait désigner par le doigt de Dieu
et frapper par la foudre ?
Et si
un feu divin s'abattait sur la maison ?
Punissant les êtres cupides, mesquins, racistes, normaux et cruels
qui se repentiraient de leurs actes
et apprendraient de nouveau à s'aimer ?
À ouvrir leurs âmes. Leurs veines. À cesser de sourire.
À devenir une famille. Et à le rester.
Notre projet n'avait rien de religieux.
Et pourtant, il l'était.
C'était un châtiment.
Une purification par les flammes.
Ou les deux.

69

Le lendemain, pendant la dernière semaine de juillet de l'été quinze, il y a eu un déjeuner à Clairmont. Un énième repas, comme tous les autres, servi sur la grande table. Avec son lot de larmes.

Les cris étaient si forts que nous les Menteurs sommes restés à l'entrée du jardin pour les écouter en arrivant de Red Gate.

– Je dois me battre jour après jour pour mériter ton amour, papa, braillait ma mère d'une voix molle. Et la plupart du temps, je perds la bataille. Merde, c'est pas juste ! Carrie a les perles, Bess la maison de Boston et Windemere. Carrie a Johnny et c'est à lui que tu vas donner Clairmont, je le sais. Je vais me retrouver toute seule sans rien, alors que Cady était censée être ton héritière. La première-née, tu l'as toujours dit.

Grand-père s'est levé en bout de table.

– Penelope…

– Je te l'enlèverai, tu m'entends ? J'emmènerai Cady avec moi et tu ne la reverras plus jamais !

La voix de grand-père a tonné à travers le jardin.

– Ce sont les États-Unis d'Amérique, a-t-il déclaré. Tu ne sembles pas avoir bien compris, Penny. Voici comment les choses fonctionnent dans ce pays : nous nous fixons un objectif, nous travaillons dur pour l'atteindre et nous allons de l'avant. Nous ne laissons jamais personne nous mettre des bâtons dans les roues, et nous méritons de récolter ce que nous avons semé. Will, Taft, vous écoutez ce que je dis ?

Les deux petits ont opiné du chef, le menton tremblant. Grand-père a poursuivi :

– Nous autres, les Sinclair, formons une grande et vénérable famille. C'est notre fierté. Nos traditions et nos valeurs sont le socle sur lequel s'appuieront nos générations futures. Cette île nous appartient, comme elle a jadis appartenu à mon père et à mon grand-père avant lui. Mais vous trois, avec vos divorces, vos foyers détruits, votre mépris envers les traditions, votre absence de conscience professionnelle, vous n'apportez que de la déception au vieil homme que je suis et qui croyait pourtant vous avoir bien élevées.

– Papa, je t'en prie, a dit Bess.

– Silence ! a mugi grand-père. N'attendez pas de moi que je vous applaudisse pour avoir traîné les valeurs de cette famille dans la boue et qu'en plus je vous fasse cadeau de la sécurité financière, à vous et à vos enfants. *Aucune* de vous n'est en droit d'exiger une telle chose de moi. Pourtant, jour après jour, c'est exactement ce que vous faites. Je ne tolérerai plus cette attitude !

Bess a fondu en larmes.

Carrie a pris Will par le coude et s'est éloignée vers le ponton.

Maman est allée jeter son verre de vin contre la façade latérale de Clairmont.

70

– Que s'est-il passé, alors ? demandé-je à Johnny.

Nous sommes toujours allongés par terre, de bon matin, dans la cuisine de Cuddledown. À l'été dix-sept.

– Tu ne t'en souviens pas ?

– Non.

– Les tantes ont commencé à quitter l'île. Carrie est partie avec Will dans un hôtel d'Edgartown et nous a demandé, à Gat et moi, de la rejoindre dès qu'on aurait bouclé nos valises. Les domestiques terminaient leur journée de travail à vingt heures. Ta mère est allée dormir chez une amie à Martha's Vineyard…

– Alice ?

– Oui. Alice est venue la chercher, mais tu as refusé d'aller avec elle et elle a fini par partir sans toi. Grand-père, lui, est carrément retourné sur le continent. C'est là qu'on a décidé de mettre le feu.

– On a tout planifié, dis-je.

– Exactement. On a réussi à convaincre Bess de prendre le gros bateau pour emmener les petits au cinéma à Martha's Vineyard.

À mesure que Johnny parle, la mémoire me revient. Je remplis moi-même les trous de son récit.

– Après leur départ, on a trouvé le vin qu'elles avaient laissé dans le frigo, poursuit-il. Quatre bouteilles déjà entamées. Et Gat était dans une telle colère…

– Il avait toutes les raisons de l'être, dis-je.

Johnny tourne la tête et parle à nouveau contre le carrelage.

– Parce qu'il savait qu'il ne reviendrait plus jamais. Si ma mère épousait Ed, elle serait bannie du clan. Et si elle le quittait, Gat n'aurait plus aucun contact avec nous.

– Clairmont incarnait pour nous le symbole de tout ce qui allait de travers.

C'est la voix de Mirren. Elle est arrivée si discrètement que je ne l'ai même pas entendue. Elle est maintenant allongée par terre à côté de Johnny et lui tient l'autre main.

– Le siège du patriarcat, renchérit Gat.

Lui non plus, je ne l'ai pas entendu entrer. Il s'allonge près de moi.

– T'es vraiment saoulant, Gat. Il faut toujours que tu la ramènes avec ça, c'est une obsession.

– C'est ma façon de voir les choses.

– Tu emploies ce mot à toutes les sauces. Patriarcat ceci. Patriarcat cela. Patriarcat mes fesses.

– Clairmont nous apparaissait comme le siège du patriarcat, répète Gat. Oui, on était bourrés, et oui, on avait peur que la famille vole en éclats et que je ne puisse plus jamais revenir ici. On se disait que si la maison disparaissait, avec toute sa paperasse et ses dossiers, tous ces objets précieux qui engendraient tant de disputes, alors les enjeux de pouvoir disparaîtraient avec elle.

– On redeviendrait une famille, explique Mirren.

– C'était comme un rituel purificateur, renchérit Gat.

– Elle se souvient qu'on a mis le feu, rien de plus, déclare soudain Johnny en haussant le ton.

– Et d'autres choses, aussi, dis-je en me rasseyant pour contempler mes Menteurs dans la lumière du matin. Les détails me reviennent au fur et à mesure que vous me parlez.

– On est en train de raconter ce qui s'est passé avant l'incendie, insiste Johnny.

– Oui, répond Mirren.

– On a mis le feu, dis-je d'un ton rêveur. On n'est pas restés à pleurnicher les bras ballants. On a agi. Pour que les choses changent.

– Si on veut, nuance Mirren.

– Tu plaisantes ? On a transformé ce putain de château en tas de cendres.

71

Après la dispute entre les tantes et grand-père, j'ai pleuré.

Gat était en larmes, lui aussi.

Il devrait quitter l'île et on ne se reverrait plus jamais.

Gat, mon Gat.

Je n'avais jamais pleuré avec quelqu'un. En même temps.

Il pleurait comme un homme, pas du tout comme un garçon. Non pas comme s'il faisait un caprice ou qu'il était frustré de ne pas avoir eu ce qu'il voulait, mais comme quelqu'un à qui la vie ne faisait pas de cadeaux. Et qui n'avait aucun moyen de guérir ses plaies.

J'avais envie de les lui guérir.

On est descendus en courant jusqu'à la petite plage, seuls. Je m'agrippais à lui. On s'est assis sur le sable et, pour une fois, il a gardé le silence. Ni analyse ni questions.

C'est moi qui ai fini par dire quelque chose comme

et si

et si

on prenait nous-mêmes le taureau par les cornes ?

Et Gat m'a demandé,

Comment ?

Et j'ai répondu quelque chose comme

et si

et si

ils arrêtaient enfin de se disputer ?

On a un truc précieux à défendre.

Et Gat a répondu,

Oui. Toi, moi, Mirren, Johnny. Ensemble. Oui.

Mais on pourra toujours continuer à se voir, tous les quatre.

L'an prochain, on pourra conduire.

Il y a toujours le téléphone.

Mais ici, ai-je insisté. Ces moments.

Oui, ici, a-t-il répété. Ces moments.

Toi et moi.

J'ai dit quelque chose comme

et si

et si

on pouvait enfin cesser d'être

la Splendide Famille Sinclair pour devenir simplement une famille ?

Et si on pouvait juste cesser d'être

de couleurs différentes, de milieux différents, pour être simplement amoureux ?

Et si on pouvait tous les obliger à changer ?

Les obliger.

Tu veux être Dieu, a commenté Gat.

Je veux surtout agir, ai-je précisé. Il y a toujours le téléphone, a-t-il rétorqué.

Mais, et ici ? ai-je dit. Ces moments.

Oui, ici, a-t-il répété. Ces moments.

Gat était mon grand amour, le premier, l'unique. Comment aurais-je pu accepter d'être séparée de lui ?

Il ne savait pas faire semblant de sourire, mais il souriait souvent. Il avait bandé mes plaies avec de la gaze et il pensait que les blessures méritaient qu'on fasse attention à elles. Il écrivait sur mes mains et me demandait à quoi je pensais. Sa curiosité était insatiable, son esprit toujours en mouvement. Il ne croyait plus en Dieu mais il comptait quand même sur une intervention divine.

Désormais, nous étions ensemble. Et, d'après lui, nous ne pouvions laisser quoi que ce soit menacer notre amour.

Nous ne pouvions pas laisser la famille s'effondrer.

Nous ne pouvions rien accepter de mal que nous pouvions changer.

Nous n'avions pas d'autre choix que de nous rebeller, n'est-ce pas ?

Oui. Nous rebeller.

Nous serions des héros, même.

Gat et moi avons parlé à Mirren et Johnny.
Nous les avons convaincus d'agir.
Tout en nous disant entre nous
sans relâche : « Fais ce qui te fait peur. »
En nous le répétant.
En boucle, comme un mantra.
Et en nous disant
que c'était nous qui avions raison.

72

Le plan était simple. On prendrait les jerricans de secours, ceux qui étaient stockés dans le hangar à bateau. Il y avait toutes sortes de journaux et de vieux cartons qui traînaient dans le vestibule de service ; on en ferait un tas, et on les arroserait d'essence. Ainsi que les parquets. Puis on reculerait. On mettrait le feu à une serviette en papier et on la jetterait par terre. Facile.

On referait la même chose à chaque étage, dans chaque pièce, si possible, histoire de s'assurer que Clairmont brûlerait en entier. Gat au sous-sol, moi au rez-de-chaussée, Johnny au premier et Mirren au second.

– Les pompiers ont vraiment mis du temps à arriver, précise cette dernière.

– Les deux équipes, ajoute Johnny. Woods Hole et Martha's Vineyard.

– C'était ce qu'on espérait, dis-je, retrouvant soudain ce détail.

– On avait prévu d'appeler les secours, poursuit Johnny. Il le fallait bien, sans quoi personne n'aurait cru à un accident. On aurait prétendu qu'on était en train de regarder un film à Cuddledown. Avec ces arbres qui entourent la maison, on est coupés du reste de l'île à moins de monter sur le toit. Du coup, ça paraîtrait logique qu'on n'ait pas remarqué le feu tout de suite.

– Ces sapeurs-pompiers étaient presque tous des volontaires, déclare Gat. Ils n'ont rien soupçonné. Ces vieilles baraques en bois, ça brûle comme un rien.

– Même si les tantes et grand-père avaient des doutes, jamais ils ne nous poursuivraient en justice, ajoute Johnny. C'était sûr et certain.

Bien sûr qu'ils ne nous poursuivraient jamais en justice.

Chez nous, il n'y a pas de criminels.

Pas de drogués.

Pas de ratés.

Un frisson d'excitation monte en moi à la pensée de ce que nous avons fait.

Mon nom est Cadence Sinclair Eastman et, contrairement aux attentes de la splendide famille dans laquelle j'ai grandi, je suis une incendiaire.

Une visionnaire, une héroïne, une rebelle.

Le genre d'individu qui transforme le cours de l'histoire.

Une criminelle.

Mais si je suis une criminelle, cela fait-il de moi une droguée ? Et si oui, cela fait-il de moi une ratée ?

Mon esprit joue sur les mots et les nuances, comme toujours.

– Nous avons pris notre destin en main, conclus-je.

– Ça dépend de quel point de vue on se place, objecte Mirren.

– Nous avons sauvé la famille. Les choses se sont arrangées.

– Tante Carrie a des crises de somnambulisme sur l'île pendant la nuit. Ma mère récure les éviers à s'en blesser les mains. Penny te regarde dormir et note tout ce que tu manges. Elles boivent comme des pochardes. Et une fois ivres mortes, elles se mettent à chialer.

– Comment le sais-tu, toi qui ne mets jamais les pieds à New Clairmont ? dis-je.

– J'y monte de temps à autre, rétorque Mirren. Tu t'imagines qu'on a réglé tous nos problèmes, Cady, mais en fait, c'était…

– On est ici, insisté-je. Sans cet incendie, on ne serait même plus là ensemble. C'est tout ce que j'en dis.

– Très bien.

– Grand-père exerçait un tel pouvoir sur nous, dis-je. Mais c'est fini. Nous avons échangé un mal contre un bien.

Je comprends tant de choses qui m'échappaient avant. Mon thé est bien chaud, les Menteurs sont magnifiques, Cuddledown aussi. Peu importe qu'il y ait des taches sur les murs. Peu importent mes migraines ou la mauvaise santé de Mirren. Peu importe que Will fasse des cauchemars et que Gat soit rongé par la culpabilité. Nous avons commis le crime parfait.

– Grand-père n'exerce plus aucun pouvoir sur nous parce qu'il est devenu sénile, affirme Mirren. S'il le pouvait, il nous torturerait encore.

– Je ne suis pas d'accord, rétorque Gat. New Clairmont me fait l'effet d'une punition.

– Comment ça ? dis-je.

– Une punition qu'il s'infligerait lui-même. Il s'est fait construire une maison qui n'a rien d'une maison. À l'inconfort délibéré.

– Pourquoi aurait-il fait une chose pareille ?

– Et toi, pourquoi donnes-tu toutes tes possessions ? me demande Gat.

Il me regarde fixement. Tous ont les yeux rivés sur moi.

– Par charité, finis-je par répondre. Pour faire le bien autour de moi.

Un silence étrange s'abat sur la pièce.

– Je déteste accumuler des trucs qui ne servent à rien, dis-je.

Personne ne rit. J'ignore pourquoi je suis devenue le sujet central de cette conversation, tout à coup.

Aucun des Menteurs ne parle pendant un moment. Puis Johnny reprend la parole :

– Fais attention à ce que tu dis, Gat.

Et Gat me dit :

– Je suis content que tu te souviennes de l'incendie, Cadence.

Et je lui réponds :

– Ouais, enfin, en partie.

Et Mirren annonce qu'elle ne se sent pas bien et retourne se coucher.

Je reste encore un moment allongée sur le carrelage avec les garçons à regarder le plafond, jusqu'au moment où je m'aperçois, non sans embarras, qu'ils se sont endormis tous les deux.

73

Je trouve ma mère sous le porche de Windemere avec les chiens, en train de confectionner une écharpe de laine bleu pâle au crochet.

– Tu disparais toujours à Cuddledown, se plaint-elle. Ce n'est pas bon pour toi de passer autant de temps là-bas. Carrie s'y est rendue hier pour y récupérer quelque chose, et elle m'a dit que la maison était dans un état de saleté repoussant. Tu peux m'expliquer ce qui se passe ?

– Rien de spécial. Désolée pour le désordre.

– Si c'est sale à ce point, on ne pourra pas demander à Ginny de faire le ménage. Tu en es consciente ? Ce serait injuste envers elle. Et Bess va piquer une crise si elle voit ça.

Je veux que personne n'aille à Cuddledown. Je veux la maison rien que pour nous.

– Ne t'inquiète pas.

Je m'assois et tapote Bosh sur son adorable tête à poils jaunes.

– Dis, maman…

– Oui ?

– Pourquoi as-tu recommandé à toute la famille de ne surtout pas me parler de l'incendie ?

Elle pose son ouvrage et me dévisage longuement.

– Tu t'en souviens ?

– Hier soir, ça m'est revenu d'un coup. Je ne me rappelle pas tout, mais… oui. Je sais que c'est arrivé. Je me souviens d'une grosse dispute. Tout le monde est parti. Je suis restée ici avec Gat, Mirren et Johnny.

– Rien d'autre ?

– Si. La couleur du ciel. À cause des flammes. Et l'odeur de la fumée.

Si maman pense que je suis impliquée d'une manière ou d'une autre, elle ne me posera jamais – *jamais* – la question. Je le sais avec certitude.

Elle ne veut surtout pas le savoir.

J'ai changé le cours de sa vie. J'ai modifié le destin de notre famille. Moi, et les Menteurs.

C'était un acte terrible. Certes. Mais c'était un acte, au moins. Loin des pleurnicheries et des lamentations. Je suis plus puissante que ma mère ne le saura jamais. J'ai enfreint la loi, à la fois contre elle et pour son bien.

Elle me caresse les cheveux. Ça m'énerve. Je recule.

– C'est tout ? me demande-t-elle.

– Pourquoi est-ce que personne ne veut m'en parler ?

– À cause de tes... à cause de...

Elle hésite, cherche ses mots.

– À cause de tes douleurs.

– Sous prétexte que j'ai des migraines, et que je ne me souviens pas de mon accident, je suis incapable d'accepter l'idée que Clairmont a brûlé ?

– Les médecins m'ont dit qu'il ne fallait surtout pas te stresser, se justifie-t-elle. Ils pensent que tes migraines sont peut-être liées à l'incendie, à cause de l'inhalation de fumée ou de... la peur, conclut-elle piteusement.

– Je ne suis plus une gamine. J'ai quand même le droit de savoir ce qui se passe dans cette famille. Pendant tout l'été, je me suis efforcée de me souvenir de mon accident et de ce qui s'est passé avant. Pourquoi m'avoir caché la vérité, maman ?

– Je t'ai dit ce qui s'était passé. Il y a deux ans. Je t'ai dit la vérité, jour après jour, mais tu l'oubliais systématiquement le lendemain. Et quand j'en ai parlé au médecin, il m'a dit que c'était trop de stress pour toi et que je ferais mieux d'arrêter.

– Tu partages ma vie ! m'écrié-je. Tu préfères te fier à l'avis d'un toubib qui me connaît à peine plutôt qu'à ton instinct de mère ?

– Cet homme est un spécialiste.

– Tu crois que ça me fait plaisir d'apprendre que ma propre famille – y compris les jumelles, Will et Taft, bon sang – sait des choses que j'ignore et me fait des cachotteries ? Qu'est-ce qui te fait croire que je suis trop fragile pour accepter des vérités aussi élémentaires ?

– Oui, je pense que tu es encore trop fragile. Et pour être honnête, je ne suis pas sûre de savoir comment gérer ta réaction.

– Tu ne sais même pas à quel point c'est insultant.

– Je t'aime, dit-elle.

Son expression vertueuse et larmoyante me dégoûte.

74

Je trouve Mirren dans ma chambre. Elle est assise à mon bureau, les mains posées sur mon ordinateur.

– J'avais envie de lire les mails que tu m'as envoyés l'an dernier, dit-elle. Tu les as toujours ?

– Bien sûr.

– Je ne les ai jamais lus, m'avoue-t-elle de but en blanc. Au début de l'été, je t'ai affirmé le contraire, mais en réalité… je ne les ai jamais ouverts.

– Pourquoi ?

– Bah, comme ça. Sur le moment, je pensais que ça n'avait pas d'importance, mais aujourd'hui je me rends compte que j'avais tort. Et regarde ! (Elle prend une voix légère.) Je suis même sortie de la maison rien que pour ça !

Je m'efforce de contenir ma colère.

– Je comprends à la limite que tu ne m'aies pas répondu, mais pourquoi n'as-tu même pas ouvert mes mails ?

– Je sais, soupire-t-elle. Ça craint et je suis la pire des garces. S'il te plaît, je peux les lire ?

J'ouvre mon ordinateur. Je lance une recherche et retrouve tous les messages que je lui avais adressés.

Ils sont au nombre de vingt-huit. Je les relis par-dessus son épaule. Tous ou presque sont écrits d'un ton enjoué et charmant, comme si leur signataire était la personne la plus heureuse au monde.

Mirren !

Demain je pars pour l'Europe avec mon adultère de père qui est aussi, comme tu le sais, d'un ennui mortel. Souhaite-moi bonne chance et sache que je préférerais mille fois passer l'été à Beechwood avec toi. Et Johnny. Et même Gat.

Je sais, je sais. Je devrais tourner la page.

Je l'ai déjà tournée.

Si, si.

En route pour Marbella, et à moi les beaux Espagnols.

Je me demande si je réussirai à forcer papa à manger les trucs les plus répugnants dans chaque pays de notre itinéraire, en guise de punition pour avoir filé au fin fond du Colorado.

Je parie que j'en suis capable. S'il m'aime vraiment, il acceptera de manger des cuisses de grenouille, des rognons et même des fourmis enrobées de chocolat.

/Cadence

La plupart des messages sont sur ce ton. Mais quelques-uns d'entre eux ne sont ni enjoués ni charmants. Ceux-là sont pitoyables et sincères.

Mirren.

Le Vermont. L'hiver. Plus glauque, tu meurs.

Maman m'observe pendant que je dors.

J'ai mal à la tête tout le temps. Je ne sais pas quoi faire pour que ça s'arrête. Les médocs ne servent à rien. Un bourreau s'amuse à me démolir le crâne à coups de hache, mais la lame est tellement pourrie qu'il doit s'y reprendre à plusieurs fois, jamais tout à fait au même endroit. Je souffre de plaies multiples.

Je rêve parfois que c'est grand-père qui brandit la hache.

À d'autres moments, c'est moi.

À d'autres moments, c'est Gat.

Désolée si j'ai l'air d'une folle. Mes mains tremblent sur mon clavier et l'écran est trop lumineux.

J'ai envie de mourir, parfois, tant ma tête me fait mal. Je m'efforce toujours de t'écrire des choses joyeuses sans jamais t'avouer mes pensées les plus sombres, bien qu'elles m'habitent en permanence. Alors je le fais aujourd'hui. Même si tu ne me réponds pas, je saurai que quelqu'un les a entendues… et c'est déjà ça.

/Cadence.

Nous lisons les vingt-huit mails en entier. À la fin, Mirren m'embrasse sur la joue.

– Je ne peux même pas te demander pardon, dit-elle. Il n'y a même pas de mot au Scrabble pour te dire à quel point je suis désolée.

Puis elle s'en va.

75

J'emmène mon ordinateur dans mon lit et je crée un nouveau document. Je détache mes notes du mur et les retape au propre en y ajoutant mes nouveaux souvenirs, à toute vitesse et en faisant plein de fautes. Je comble les trous à l'aide d'hypothèses là où ma mémoire me fait encore défaut.

La maison Sinclair pour la détente et les petites faims.

Tu pourras dire adieu à ton petit chéri.

Nous adorons Windemere, n'est-ce pas, Cady ?

Tante Carrie en larmes, vêtue du coupe-vent de Johnny.

Gat lançant des balles aux chiens sur le court de tennis.

Oh, non, non, non.

Les chiens.

Les putains de chiens.

Fatima et Prince Philip.

Ils sont morts dans l'incendie.

Je viens de comprendre – et tout est ma faute. Ils ne faisaient que des bêtises, rien à voir avec Bosh, Grendel et Poppy que maman a dressés elle-même. Fatima et Prince Philip mangeaient des étoiles de mer sur la plage et les vomissaient ensuite au milieu du salon. Ils s'ébrouaient en sortant de l'eau, fourraient leurs museaux dans nos pique-niques et mâchonnaient les Frisbee au point de les transformer en vulgaires morceaux de plastique inutilisables. Ils adoraient les balles de tennis, qu'ils allaient dénicher au fond du court, les couvrant de bave. Ils n'obéissaient jamais quand on leur disait de s'asseoir. Ils réclamaient à manger quand on était à table.

Quand le feu a pris, ils se trouvaient dans l'une des chambres d'amis à l'étage. Grand-père les enfermait souvent là-haut quand la maison était vide, et aussi pendant la nuit. Ainsi, aucun risque qu'ils dévorent nos chaussures ou hurlent à la mort derrière la porte.

Grand-père les avait enfermés avant de quitter l'île.

Et on les avait oubliés.

J'ai tué ces chiens. Moi qui vis avec des golden retrievers, moi qui savais pertinemment où ils dormaient chaque nuit. Le reste des Menteurs ne s'intéressait pas à eux – ou très peu, en tout cas. Pas comme moi.

Ils ont péri dans les flammes. Comment ai-je pu les oublier ? Comment ai-je pu me laisser aveugler à ce point par mon délire criminel débile, par l'excitation du moment, par ma propre colère contre les tantes et grand-père… ?

Fatima et Prince Philip, prisonniers des flammes. Reniflant la porte bouillante, inhalant la fumée, agitant la queue avec espoir en attendant que quelqu'un vienne les délivrer, aboyant.

Quelle mort épouvantable pour ces deux pauvres bêtes chéries et mal élevées.

76

Je sors de Windemere en courant. Il fait nuit à présent, bientôt l'heure du dîner. Mes sentiments ruissellent hors de mes yeux, m'écrasent le visage et le corps tandis que j'imagine les chiens attendant les secours, plantés derrière la porte à mesure que la fumée s'insinuait par en dessous.

Où aller ? Je me sens incapable d'affronter les Menteurs à Cuddledown. À Red Gate, je risque de tomber sur Will ou tante Carrie. Merde. C'est vraiment trop petit ici, il n'y a nulle part où aller. Je suis coincée sur l'île où j'ai tué ces pauvres chiens.

Toute ma bravade de ce matin,
le sentiment de puissance,
le crime parfait,
l'abolition du patriarcat,

l'exploit grâce auquel les Menteurs ont sauvé leur paradis d'été et l'ont même amélioré,

l'exploit grâce auquel nous avons préservé notre famille en en détruisant une partie...

tout ça, c'est de la folie.

Les chiens sont morts,

ces chiens idiots et adorables,

ces chiens que j'aurais pu sauver,

ces bêtes innocentes dont le regard s'éclairait quand vous leur jetiez un morceau de hamburger

ou que vous prononciez leur nom ;

ces chiens qui adoraient grimper sur les bateaux,

qui couraient, libres, toute la journée sur leurs pattes boueuses.

Comment ai-je pu décider de passer à l'acte sans penser qu'ils étaient peut-être enfermés au dernier étage, confiants dans l'amour et la protection des êtres qui ont toujours veillé sur eux ?

Je pleure sans bruit, secouée par d'étranges sanglots silencieux, debout sur la promenade entre Windemere et Red Gate. Mon visage est inondé de larmes, ma poitrine serrée. Je rentre en titubant à la maison.

Gat est assis sur les marches.

77

Il se dresse d'un bond en me voyant et me serre contre lui. Je sanglote contre son épaule et plonge mes bras sous sa veste, autour de sa taille.

Il ne me pose pas de question, c'est moi qui parle la première :

– Les chiens, dis-je. On les a tués.

Il garde le silence un moment. Puis :

– Ouais.

Je ne pourrai reprendre la parole que quand mon corps cessera de trembler.

– Asseyons-nous, dit-il.

On s'installe sur les marches du porche. Gat pose sa tête contre la mienne.

– J'adorais ces bêtes, dis-je.

– On les adorait tous.

– Je… (Ma gorge se serre.) Je crois que je vais arrêter d'en parler, sinon je vais me remettre à pleurer.

– D'accord.

On reste assis sans un mot.

– C'est tout ? finit par me demander Gat.

– Quoi ?

– C'est uniquement pour ça que tu pleures ?

– Ne me dis pas qu'il y a autre chose.

Il garde le silence.

Les secondes passent.

– Mon Dieu. Il y a autre chose.

À ces mots, ma poitrine se creuse et se glace.

– En effet, dit Gat.

– Autre chose que tout le monde refuse de me dire. Autre chose dont maman préférerait que je ne me souvienne pas.

Il prend le temps de réfléchir.

– Je crois qu'on n'arrête pas de te le dire, mais tu ne nous entends pas. Tu as été très malade, Cadence.

– Toi-même, tu ne me le diras pas en face.

– Non.

– Mais enfin, pourquoi ?

– Penny pense que ça vaut mieux. Et… avec nous tous ici, j'avais l'espoir que la mémoire te reviendrait.

Il ôte son bras de mes épaules et serre ses genoux entre ses mains.

Gat, mon Gat.

Il est la contemplation et l'enthousiasme. L'ambition et le café noir. J'aime les paupières sur ses yeux marron, sa peau lisse et brune, sa lèvre inférieure charnue. Son esprit. Son esprit.

Je dépose un baiser sur sa joue.

– Je me rappelle un tas de choses sur nous, dis-je. Je me souviens qu'on s'est embrassés devant la porte de Clairmont avant que tout dérape. De la fois où tu m'as raconté la demande en mariage d'Ed sur le terrain de tennis. De nos moments volés sur la grosse pierre plate près du sentier circulaire, là où personne ne pouvait nous voir. Et sur la petite plage, quand on a parlé de l'incendie.

Il acquiesce.

– Mais je ne me souviens toujours pas de mon accident. De la raison pour laquelle tu n'étais pas là quand je me suis blessée. Est-ce qu'on s'est disputés ? Je t'ai fait quelque chose de mal ? Tu t'es remis avec Raquel ?

Je ne peux même pas le regarder dans les yeux.

– Je crois que j'ai droit à une réponse honnête de ta part, même si notre histoire doit en rester là.

Ses traits se tendent. Il enfouit sa tête entre ses mains.

– Je ne sais pas quoi te dire. Ni ce que je suis censé faire.

– Dis-moi la vérité, c'est tout.

– Je ne peux pas rester. Je dois retourner à Cuddledown.

– Pourquoi ?

– Il le faut.

Sur ces mots, il se lève et commence à s'éloigner. Puis il se retourne vers moi.

– J'ai tout gâché. Pardonne-moi, Cady. Je m'en veux tellement pour tout.

Il se remet à pleurer.

– Je n'aurais pas dû t'embrasser, te fabriquer une balançoire ou t'offrir des roses. Je n'aurais pas dû te dire que tu étais belle.

– Mais je voulais tout ça.

– Je sais, mais j'aurais dû garder mes distances. J'ai merdé. Je suis désolé.

– Reviens, dis-je.

Voyant qu'il ne fait pas mine de bouger, je vais à sa rencontre. Pose mes mains au creux de sa nuque et ma joue contre la sienne. Je l'embrasse avec fougue, de tout mon cœur. Ses lèvres sont si douces, c'est la plus belle personne que je connaisse, la plus belle personne que j'aie jamais rencontrée, quelles que soient les choses terribles qui sont peut-être arrivées entre nous et quelle que soit l'issue de cette histoire.

– Je t'aime, chuchoté-je.

Il se détache de moi.

– Ben, justement. Je suis désolé. J'avais juste envie de te voir.

Il me tourne le dos et disparaît dans la nuit.

78

L'hôpital de Martha's Vineyard. L'été quinze, juste après mon accident.

J'étais étendue sous un drap bleu. On s'attendrait plutôt à des draps blancs, sur un lit d'hôpital, mais les miens étaient bleus. Il faisait très chaud dans ma chambre. J'avais une perfusion à mon bras.

Maman et grand-père ne me lâchaient pas du regard. Grand-père tenait à la main un ballotin de caramels d'Edgartown qu'il avait apporté en cadeau.

Une touchante attention de sa part.

J'écoutais de la musique, mes écouteurs vissés sur les oreilles, si bien que je n'entendais pas ce que disaient les adultes. Maman pleurait.

Grand-père a ouvert la boîte de caramels, en a cassé un morceau et me l'a donné.

La chanson :

Notre jeunesse est en ruine
Nous ne la bousillerons pas
Retiens bien mon nom
Parce qu'on est entrés dans l'Histoire
Na na na na, na na na

J'ai voulu enlever mes écouteurs. En levant ma main, j'ai vu qu'elle était bandée.

Mes deux mains étaient recouvertes de bandages.

Et mes pieds. Je sentais le sparadrap qui les entourait, sous le drap bleu.

J'avais les mains et les pieds bandés. Parce qu'ils étaient brûlés.

79

Il était une fois un roi qui avait trois filles d'une grande beauté.

Non, non, attendez.

Il était une fois trois ours qui habitaient une maisonnette au fond des bois.

Il était une fois trois biquettes qui vivaient près d'un pont.

Il était une fois trois soldats qui faisaient la route à pied ensemble pour rentrer chez eux après la guerre.

Il était une fois trois petits cochons.

Il était une fois trois frères.

Non, ça y est. J'ai trouvé la variante que je cherchais.

Il était une fois trois beaux enfants, deux garçons et une fille. Leurs parents avaient dignement célébré chacune de leur naissance, et même les marraines fées avaient participé aux réjouissances. Elles étaient venues aux baptêmes et leur avaient offert des dons magiques.

La vitalité, la persévérance et le sarcasme.

La contemplation et l'enthousiasme. L'ambition et le café noir.

Le sucre, la curiosité et la pluie.

Pourtant, il y avait aussi une sorcière parmi eux.

Il en faut toujours une.

Cette sorcière-ci avait le même âge que les trois beaux enfants. À mesure que les années passèrent et qu'ils grandirent tous ensemble, elle devint jalouse de la fille, puis des deux garçons. Ils avaient reçu les dons magiques des marraines fées, alors qu'elle en avait été privée le jour de son baptême.

L'aîné des garçons était robuste et rapide, débrouillard et beau. Bien que de petite taille.

Le second était studieux et altruiste. Bien que considéré comme un étranger.

Quant à la fille, elle était vive d'esprit, généreuse et droite. Bien que complexée par un sentiment d'impuissance.

La sorcière, elle, n'était rien de tout cela, car ses parents avaient mécontenté les marraines fées. Aucun don magique ne lui avait été accordé à sa naissance. Elle se sentait seule. Son unique talent résidait dans sa magie noire et mauvaise.

Confondant l'austérité et la charité, elle distribuait toutes ses possessions sans véritablement faire le bien autour d'elle.

Confondant la maladie et le courage, elle souffrait le martyre tout en se prenant pour une sainte digne de toutes les louanges.

Confondant la verve et l'intelligence, elle amusait les gens au lieu d'alléger leurs cœurs ou de les inviter à réfléchir.

Elle n'avait guère que sa magie pour elle, et elle l'utilisait afin de détruire ce qu'elle admirait le plus. Elle rendit visite à chacun des trois enfants le jour de leur dixième anniversaire, mais ne leur fit rien sur le moment. La protection d'une bonne fée quelconque – la fée lilas, peut-être – l'empêchait de s'en prendre directement à eux.

À la place, elle leur jeta un sort.

« Quand tu auras seize ans, mugit-elle, folle de jalousie, quand vous aurez tous seize ans, déclara-t-elle à ces trois beaux enfants, vous vous piquerez le doigt avec une aiguille… non, vous craquerez une allumette… oui, voilà, vous craquerez une allumette et péririez dans ses flammes. »

Les parents des trois beaux enfants, effrayés par cette malédiction, firent bien sûr tout leur possible pour l'empêcher de se réaliser. Ils déménagèrent au loin, dans un château, sur une île balayée par les vents. Un château sans la moindre allumette.

Ici, pour sûr, les enfants ne courraient aucun risque.

Ici, pour sûr, la sorcière ne les retrouverait jamais.

Mais elle les retrouva. Et l'été de leurs quinze ans, juste avant leur seizième anniversaire, alors que leurs parents angoissés ne s'y attendaient pas encore, la sorcière jalouse introduisit le venin de sa haine sous la forme d'une belle et blonde jeune fille.

Celle-ci se lia d'amitié avec les trois enfants. Elle les embrassait, les emmenait faire du bateau, leur offrait des caramels et leur racontait des histoires.

Puis elle leur donna une boîte d'allumettes.

Les enfants étaient fous de joie car, à l'aube de leurs seize ans, ils n'avaient encore jamais vu de vrai feu.

Allez-y, frottez-les, leur dit la sorcière en souriant. C'est si beau, le feu. Il n'y a rien à craindre.

Allez-y, leur dit-elle, les flammes purifieront vos âmes.

Allez-y, leur dit-elle, car vous êtes des esprits indépendants.

Allez-y, leur dit-elle. À quoi sert la vie si l'on n'en fait rien ?

Et ils l'écoutèrent.

Ils prirent les allumettes et les frottèrent. La sorcière vit brûler leur beauté,

leur vitalité,

leur intelligence,
leur vivacité d'esprit,
leur altruisme,
leur charme,
leurs rêves d'avenir.
Tout cela disparut sous ses yeux dans un nuage de fumée.

Cinquième partie

LA VÉRITÉ

80

Voici la vérité sur la splendide famille Sinclair. Du moins, la vérité telle que grand-père la connaît. Et qu'il a toujours refusé de raconter aux journaux.

Un soir d'été, il y a deux ans, dans la douceur du mois de juillet,

Gatwick Matthew Patil,

Mirren Sinclair Sheffield

et

Jonathan Sinclair Dennis

ont trouvé la mort dans un incendie domestique sans doute provoqué par la fuite d'un jerrican d'essence entreposé dans le vestibule d'une maison. Laquelle maison a entièrement brûlé avant que les sapeurs-pompiers des villes voisines aient eu le temps d'arriver sur les lieux.

Cadence Sinclair Eastman était présente sur l'île au moment du sinistre, mais elle vit le feu trop tard. L'incendie l'empêcha d'entrer dans l'édifice lorsqu'elle comprit que des gens et des animaux étaient coincés à l'intérieur. Ses tentatives pour leur porter secours lui valurent de graves brûlures aux mains et aux pieds. Elle courut ensuite chez elle, à l'autre bout de l'île, pour téléphoner aux pompiers.

À l'arrivée de ces derniers, Mlle Eastman fut retrouvée sur la petite plage, à moitié dévêtue et recroquevillée sur elle-même. Incapable de répondre aux questions sur ce qui s'était passé, elle semblait avoir subi un violent traumatisme crânien. Elle fut mise sous sédation profonde pendant plusieurs jours.

Harris Sinclair, le propriétaire de l'île, refusa toute procédure d'enquête officielle pour déterminer les causes du drame. La plupart des arbres entourant la maison furent détruits par les flammes.

Les funérailles de
Gatwick Matthew Patil,
Mirren Sinclair Sheffield
et
Jonathan Sinclair Dennis
furent organisées dans leurs villes d'origine, à Cambridge et New York.

Cadence Sinclair Eastman ne put y assister en raison de son état de santé.

L'été suivant, les membres de la famille Sinclair retournèrent sur Beechwood Island. Ils se disputèrent. Ils pleurèrent. Ils burent beaucoup d'alcool.

Puis ils firent bâtir une nouvelle maison sur les cendres de l'ancienne.

Cadence Sinclair Eastman n'avait aucun souvenir des circonstances de l'accident, ni même de l'incendie lui-même. Ses brûlures guérirent rapidement, mais elle souffrait d'amnésie sélective concernant les événements de l'été précédent. Elle persistait à croire qu'elle s'était blessée à la tête en nageant. Pour les médecins, ses terribles crises de migraine étaient l'expression de son chagrin et de sa culpabilité refoulés. On lui administra un traitement conséquent à base de tranquillisants, car on la considérait comme étant extrêmement fragile aussi bien sur le plan physique que mental.

Ces mêmes médecins recommandèrent à sa mère de ne plus tenter de lui expliquer les circonstances de la tragédie tant qu'elle serait incapable de s'en souvenir par elle-même. Laissons sa mémoire faire le travail. Elle ne devrait pas retourner à Beechwood Island avant d'avoir profité d'une longue période de convalescence. De fait, il était impératif de la tenir à distance de l'île pendant la première année après l'accident.

Cadence fit preuve d'un empressement troublant à se débarrasser de toutes ses possessions inutiles, y compris de certaines choses ayant une forte valeur sentimentale à ses yeux, comme si elle cherchait à se punir elle-même. Elle se teignit les cheveux en noir et adopta un style vestimentaire dépouillé. Sa mère consulta un psychiatre, qui lui expliqua que son attitude constituait une étape classique du processus de deuil.

Au cours de la deuxième année après l'accident, la famille commença à se remettre tout doucement. Cadence put retourner en cours après de longues périodes d'absence. La jeune fille finit par exprimer le désir de retourner à Beechwood. Les médecins et les autres membres de la famille se dirent d'accord : cela pourrait lui être bénéfique.

Sur l'île, peut-être pourrait-elle enfin achever sa guérison.

81

Souvenez-vous de ne surtout pas vous éclabousser les pieds. Ni vos vêtements.

Arrosez bien le placard à linge, les serviettes, les sols, les livres et les lits.

Souvenez-vous de bien entreposer vos jerricans à distance des flammes pour pouvoir les récupérer en partant.

Regardez le feu s'allumer, se répandre. Puis fuyez. Passez par l'escalier de la cuisine et sortez par le vestibule de service.

N'oubliez pas de remporter vos jerricans pour les rapporter au hangar à bateau.

Rendez-vous à Cuddledown. On mettra nos vêtements à la machine, on se changera et on admirera notre belle flambée avant de prévenir les pompiers.

Ce sont les derniers mots que je leur ai adressés. Johnny et Mirren ont grimpé aux étages supérieurs avec des jerricans et des piles de vieux journaux en guise d'allume-feu.

J'ai embrassé Gat avant qu'il descende à la cave.

– Rendez-vous dans un monde meilleur, m'a-t-il lancé, et j'ai ri.

On avait trop bu. On avait fini les bouteilles de vin entamées par les tantes. L'alcool me procurait un sentiment d'euphorie et de puissance jusqu'au moment où je me suis retrouvée seule dans la cuisine. Là, je me suis sentie nauséeuse, prise de vertiges.

Il faisait froid dans la maison. Je me suis dit qu'elle méritait d'être détruite. Elle était encombrée de babioles pour lesquelles

les tantes se déchiraient. Œuvres d'art, porcelaines, photographies. Toutes ces choses qui alimentaient les querelles familiales. J'ai frappé du poing la photo de maman, Carrie et Bess petites, souriantes face à l'objectif. Le verre s'est brisé et j'ai reculé en titubant.

Le vin commençait vraiment à m'embrouiller l'esprit. Je n'avais pas l'habitude de boire autant.

Mon jerrican dans une main et ma pile de journaux sous le bras, j'ai décidé d'en finir le plus vite possible. J'ai d'abord aspergé la cuisine, puis le garde-manger. Je suis ensuite passée dans la salle à manger et j'étais en train d'imbiber copieusement les canapés du salon quand j'ai réalisé que j'aurais dû commencer à l'autre bout du rez-de-chaussée, dans la partie la plus éloignée du vestibule. Ici, c'était notre chemin vers la sortie. J'aurais dû m'occuper de la cuisine en dernier avant de déguerpir sans avoir à patauger dans les flaques.

Quelle idiote.

La porte d'entrée officielle qui donnait sur le porche depuis le salon était déjà dégoulinante d'essence, mais il y avait une autre sortie, plus discrète, à l'arrière de la maison. Elle se trouvait dans le bureau de grand-père et permettait d'accéder au sentier menant vers les dépendances. Je n'aurais qu'à m'éclipser par là.

J'ai arrosé une partie du couloir puis la salle de couture, non sans un pincement au cœur pour les belles cotonnades imprimées et les bobines de fil coloré de mamie Tipper. Elle aurait détesté ce que j'étais en train de faire. Elle adorait ses tissus, sa vieille machine à coudre et ses beaux bibelots.

Quelle idiote, une fois de plus. Je venais de mouiller mes espadrilles.

C'est bon. Du calme. Je les garderais aux pieds jusqu'à ce que j'aie terminé, puis je les jetterais dans le feu au moment de prendre la fuite.

Dans le bureau de grand-père, j'ai grimpé debout sur le secrétaire pour asperger sa bibliothèque personnelle jusqu'au plafond en tenant le jerrican à bout de bras. Il me restait encore pas mal d'essence, et c'était ma dernière pièce, alors je me suis bien lâchée sur les bouquins.

Puis j'ai vidé le reste par terre, empilé mes vieux magazines au milieu de la pièce et reculé jusqu'au petit vestibule donnant sur la porte du fond. J'ai ôté mes chaussures pour les jeter sur la pile. Je suis allée me réfugier pieds nus sur un carré de parquet sec et j'ai posé le jerrican par terre. Sorti une pochette d'allumettes de la poche arrière de mon jean et allumé la serviette en papier que j'avais préalablement enroulée en torche.

J'ai jeté mon flambeau improvisé sur le tas de magazines et j'ai regardé le feu démarrer. Grandir, se propager. À travers l'immense double porte du bureau, j'ai vu une flambée filer d'un côté vers le couloir et une seconde en direction du salon. Le canapé a pris tout de suite.

L'instant d'après, la bibliothèque tout entière s'est embrasée, encore plus vite que le reste grâce aux livres gorgés d'essence. Même le plafond brûlait. Je ne pouvais détacher mon regard des flammes. C'était un spectacle terrifiant. Surnaturel.

Alors quelqu'un a hurlé.

Une première fois. Puis une deuxième.

Les cris provenaient de la pièce située juste au-dessus du bureau, une chambre à coucher. Johnny était en charge du premier étage. La bibliothèque s'était enflammée à toute vitesse.

L'incendie gagnait en puissance, et Johnny n'avait pas encore eu le temps de sortir.

Oh non, non, non. Je me suis précipitée vers la petite porte du fond, mais tous ses verrous étaient fermés. J'avais les mains glissantes à cause de l'essence. Le métal était déjà bouillant. J'ai tourné les verrous – un, deux, trois – mais quelque chose clochait et la porte refusait de s'ouvrir.

Un autre hurlement s'est fait entendre.

J'ai de nouveau tenté d'actionner les verrous. Rien à faire. J'ai laissé tomber.

Me couvrant le nez et la bouche avec mes mains, j'ai retraversé le bureau pour m'engouffrer dans le couloir en direction de la cuisine. Elle ne brûlait pas encore, Dieu merci. J'ai couru sur le carrelage détrempé en direction du vestibule de service.

Trébuchant et dérapant dans les flaques d'essence.

L'ourlet de mon jean avait pris feu pendant que j'étais dans le bureau. Les flammes ont léché l'essence sur le carrelage jusqu'au buffet campagnard contenant les jolis torchons de mamie Tipper. Puis elles ont gagné le vestibule de service, me coupant l'accès à la sortie que je convoitais, juste devant moi. J'ai vu que le bas de mon jean brûlait, de la cheville jusqu'au genou. Je me suis jetée au milieu du brasier pour aller ouvrir la porte.

– Sortez ! ai-je hurlé, même si je doutais que quiconque puisse m'entendre. Sortez maintenant !

Une fois dehors, je me suis jetée sur la pelouse. J'ai roulé sur moi-même pour éteindre le début d'incendie de mon jean.

Les deux étages supérieurs de Clairmont étaient incandescents sous l'effet de la chaleur, et le rez-de-chaussée était entièrement en train de brûler. Quant au sous-sol, impossible de savoir.

– Gat ? Johnny ? Mirren ? Vous êtes là ?

Pas de réponse.

Réprimant un sentiment de panique, je me suis dit qu'ils devaient déjà être sortis.

Du calme. Tout allait bien se passer. C'était obligé.

– Vous êtes là ? ai-je hurlé à nouveau en commençant à courir.

Toujours pas de réponse.

Ils étaient sûrement dans le hangar à bateau, en train de déposer leurs jerricans. Ce n'était pas loin, j'ai piqué un sprint en criant leurs prénoms à pleins poumons. Mes pieds nus résonnaient bizarrement sur les planches de la promenade.

La porte était fermée. Je l'ai ouverte en grand, d'un coup sec.

– Gat ! Johnny ? Mirren !

Personne. Peut-être étaient-ils déjà repartis pour Cuddledown, en train de se demander ce que je fabriquais ?

Un chemin mène du hangar à bateau jusqu'à Cuddledown en passant derrière le court de tennis. Je me suis remise à courir dans la nuit et le silence étrange qui enveloppait l'île. Je me répétais en boucle : ils sont là-bas. À m'attendre. À s'inquiéter pour moi.

On rira tous les quatre parce qu'on s'en est sortis. On trempera mes brûlures dans de l'eau glacée et on savourera notre chance d'être en vie.

C'est sûr.

Mais à mon arrivée, la maison était plongée dans le noir.

Personne ne m'y attendait.

Je suis repartie comme une flèche en direction de Clairmont et quand la maison m'est apparue, elle était entièrement dévorée par le feu, du sol jusqu'au toit. La fenêtre de la tourelle était rouge, celles des chambres aussi, et celles du rez-de-chaussée luisaient d'un éclat orangé. La chaleur était infernale.

J'ai couru jusqu'à l'entrée latérale et ouvert la porte. Une épaisse fumée s'est échappée. Prise d'une violente quinte de toux, j'ai ôté mon pull et mon jean trempés d'essence. Je suis entrée dans la fournaise vaille que vaille et me suis dirigée vers l'escalier de la cuisine, celui qui descendait vers la cave.

À mi-chemin se dressait un mur de flammes. Un mur.

Gat n'était pas ressorti. Et il ne remonterait pas.

J'ai tourné les talons et couru à la rencontre de Johnny et Mirren, mais le parquet me brûlait la plante des pieds.

La rampe de l'escalier s'est embrasée. Devant moi, toute la structure s'est effondrée en projetant des gerbes d'étincelles.

J'ai reculé.

Je n'avais plus aucun moyen de monter.

Plus aucun moyen de les sauver.

Je n'avais plus nulle part
nulle part
nulle part
nulle part où me réfugier
ailleurs que dans le néant.

82

Je me souviens du drame comme si je le revivais, assise sur les marches de Windemere. Je fixe encore du regard l'endroit où Gat s'est engouffré dans la nuit. La prise de conscience de mes actes monte en moi telle une fumée noire et froide qui m'asphyxie. Je grimace et me tords de douleur. La brume glacée se déploie depuis ma poitrine vers mon dos et ma nuque. Elle envahit mon crâne, me paralyse l'échine.

Le froid terrible du remords.

Je n'aurais jamais dû arroser la cuisine en premier. Je n'aurais jamais dû allumer le feu dans le bureau.

Quelle idiote d'avoir autant insisté sur les livres. N'importe qui aurait pu se douter qu'ils brûleraient en un clin d'œil. N'importe qui.

On aurait dû synchroniser nos départs d'incendie.

J'aurais dû insister pour qu'on reste groupés.

Je n'aurais jamais dû aller au hangar à bateau.

Jamais dû aller directement à Cuddledown.

Si seulement j'étais revenue plus vite à Clairmont, j'aurais peut-être eu le temps de faire sortir Johnny. Ou de prévenir Gat avant que le sous-sol se transforme en fournaise. J'aurais peut-être trouvé les extincteurs et réussi tant bien que mal à éteindre les flammes.

Peut-être, peut-être.

Si seulement, si seulement.

J'avais tant de rêves pour nous : une vie libérée des contraintes et des préjugés. Libres d'aimer et d'être aimés.

Au lieu de ça, je les ai tués.

Mes Menteurs, mes amours.

Morts. Ma Mirren, mon Johnny, mon Gat.

La brume glacée s'insinue jusqu'à l'extrémité de mes mains. Mes doigts se changent en stalactites. Ils se fendillent, tombent et volent en éclats sur les marches du porche. Les craquelures remontent le long de mes bras, mes épaules, mon cou. Mon visage est gelé, figé en un rictus de souffrance semblable au masque haineux d'une sorcière. Ma gorge est serrée. Je ne peux plus émettre le moindre son.

Me voilà transformée en glace alors que je mérite de brûler.

J'aurais dû me taire au lieu de parler de courage et de passage à l'acte. J'aurais pu ne rien dire. Accepter des compromis. Le téléphone nous aurait largement suffi. Bientôt, nous aurions tous passé nos permis de conduire. Bientôt, nous serions tous allés à la fac et les majestueuses villas des Sinclair nous auraient paru lointaines et insignifiantes.

Nous aurions pu faire preuve de patience.

J'aurais pu être la voix de la raison.

Peut-être alors, en sirotant le vin des tantes, aurions-nous oublié nos grands projets. Trop abrutis par l'alcool. On se serait endormis devant la télé, en colère et impuissants, certes, mais sans mettre le feu à quoi que ce soit.

Je ne peux pas revenir en arrière.

Je rampe dans la maison jusqu'à ma chambre sur mes moignons congelés et fendillés, abandonnant peu à peu des parties de mon corps glacé dans mon sillage. Mes talons, mes genoux. Une fois sous mes couvertures, je suis prise de convulsions et m'effrite sur mon oreiller. Doigts. Dents. Mâchoire. Clavicules.

Enfin, enfin, les tremblements s'arrêtent. Je commence à me réchauffer et à fondre.

Je pleure pour mes tantes, qui ont perdu chacune l'aîné de leurs enfants.

Pour Will, qui a perdu son frère.

Pour Liberty, Bonnie et Taft, qui ont perdu leur grande sœur.

Pour grand-père, qui a vu non seulement son château partir en flammes mais aussi mourir ses petits-enfants.

Pour les chiens, ces pauvres bêtes mal élevées.

Je pleure pour mes jérémiades égoïstes de cet été. Pour mon autoapitoiement. Pour mes projets d'avenir.

Je pleure pour tous ces objets que j'ai donnés et qui me manquent. Mon oreiller, mes livres, mes photos. Je frémis de la naïveté de ma pseudo-charité, du vernis vertueux sous lequel j'ai dissimulé ma culpabilité, des mensonges que je me suis racontés, des châtiments que j'ai infligés à moi-même et à ma mère.

Je sanglote d'effroi à la pensée d'avoir été un tel poids pour ma famille, et plus encore de me savoir responsable de cette tragédie.

Nous n'avons pas sauvé notre paradis, tout compte fait. Il a disparu pour toujours, si tant est qu'il ait jamais existé. Nous avons perdu son innocence, sa candeur du temps d'avant les disputes effroyables des trois tantes, la mort de mamie Tipper et le délabrement de grand-père.

Avant que nous devenions des criminels. Des fantômes.

Les tantes s'embrassent et s'étreignent non parce qu'elles sont affranchies du poids de Clairmont et de ses vains symboles, mais par chagrin et par solidarité. Non parce que nous les avons libérées, mais parce que nous les avons brisées, et qu'elles se raccrochent l'une à l'autre sous le poids de l'horreur.

Johnny. Johnny voulait courir le marathon. Tenir kilomètre après kilomètre et prouver que ses poumons ne le lâcheraient pas. Prouver qu'il était l'homme que grand-père voulait qu'il soit, prouver sa force malgré sa petite taille.

Ses poumons se sont remplis de fumée. Il n'a plus rien à prouver. Plus aucune ligne d'arrivée à franchir.

Il voulait avoir une belle voiture et manger tous les gâteaux dans les vitrines des pâtisseries. Il voulait rire, s'acheter des œuvres d'art et porter de jolies fringues. Des pulls, des écharpes, des trucs en laine avec des rayures. Il voulait construire un thon en Lego et l'accrocher au mur comme un animal empaillé. Il refusait d'être sérieux, à un point horripilant parfois, mais il savait s'investir dans les choses qui comptaient vraiment à ses yeux. La course. Will et Carrie. Les Menteurs. Son sens de la justice. Il avait renoncé d'un claquement de doigts à son plan d'épargne universitaire pour ne pas déroger à ses valeurs personnelles.

Je repense à ses bras costauds, à la ligne d'écran total sur son nez, à la fois où on s'est tous les deux empoisonnés avec du sumac vénéneux et où on se grattait comme des fous dans le hamac. À la fois où il nous a construit à Mirren et moi une maison de poupée à l'aide d'un carton et de galets qu'il avait trouvés sur la plage.

Jonathan Sinclair Dennis, tu aurais été un phare dans la nuit pour tant de gens.

Tu l'as été. Absolument.

Et je t'ai abandonné. De la pire des façons.

Je pleure pour Mirren, qui rêvait de visiter le Congo. Elle ne savait pas encore ce qu'elle souhaitait faire de sa vie ni en quoi elle croyait ; elle cherchait encore sa voie, certaine qu'elle la mènerait quelque part. Elle ne la connaîtra jamais, jamais autrement que par le biais des photos, des films et des histoires fabriqués pour la distraction du public.

Mirren parlait beaucoup de sexe alors qu'elle n'avait aucune expérience en la matière. Quand on était petites, on veillait souvent tard le soir dans nos sacs de couchage sous le porche de Windemere, à rigoler et à manger des caramels. On se disputait pour des Barbie, on se maquillait et on rêvait du grand amour.

Mirren n'aura jamais son beau mariage avec des bouquets de roses comme des soleils et un fiancé suffisamment amoureux d'elle pour oser porter une ceinture de smoking jaune.

Elle était irritable. Et autoritaire. Mais elle savait se moquer d'elle-même. C'était facile de la faire sortir de ses gonds, et elle était presque constamment fâchée avec sa mère ou les jumelles – avant de regretter amèrement tout ce qu'elle avait pu dire. Elle aimait sa famille, ses frères et sœurs ; elle leur lisait des histoires, les aidait à faire de la crème glacée et leur offrait tous les coquillages qu'elle trouvait sur la plage.

Elle ne peut plus faire amende honorable auprès de qui que ce soit.

Elle ne voulait pas devenir comme sa mère. Elle n'avait rien d'une princesse, non. Plutôt une exploratrice, une femme d'affaires, une bonne samaritaine, une fabricante de glace – quelqu'un qui fait quelque chose.

Mais qu'elle ne sera jamais, par ma faute.

Mirren, je ne peux même pas te demander pardon. Il n'y a pas de mot au Scrabble pour dire à quel point je suis désolée.

Et Gat, mon Gat.

Jamais il n'ira à la fac. Lui qui avait une telle curiosité, cette façon de tout remettre en question, non pas pour trouver des réponses mais pour comprendre. Sa soif d'apprendre ne sera jamais comblée. Il ne finira jamais de lire les cent meilleurs romans de l'histoire de la littérature, ne sera jamais le grand homme qu'il aurait pu devenir.

Il voulait lutter contre le mal. Il voulait exprimer sa colère. Il voyait les choses en grand, mon courageux Gat. Il ne voulait pas se taire quand on le lui demandait, il invitait les autres à l'écouter – et les écoutait à son tour. Il refusait de prendre les choses à la légère, même s'il était toujours le premier à rire.

Oui, il me faisait rire. Et réfléchir, aussi, même quand je n'en avais pas envie, que j'étais trop paresseuse pour m'intéresser à ce qu'il disait.

Gat m'a laissée saigner entre ses bras, encore et encore et encore. Ça ne le dérangeait pas. Il voulait savoir pourquoi je saignais. Il se demandait comment soigner mes blessures.

Il ne mangera plus jamais de chocolat.

Je l'aimais. Je l'aime. Du mieux que je pouvais. Mais il avait raison. Je ne connaissais pas tout de lui. Je ne verrai jamais son appartement, je ne goûterai jamais la cuisine de sa mère, je ne rencontrerai jamais ses potes de lycée. Je ne verrai jamais la couleur de son dessus-de-lit ni les affiches à ses murs. Je ne connaîtrai jamais le petit bistrot où il s'achetait des sandwichs aux œufs durs à emporter le matin, ni le coin de rue où il attachait son vélo avec deux antivols.

Je ne sais même pas s'il s'achetait des sandwichs aux œufs durs ou s'il avait des affiches sur ses murs. Je ne sais pas s'il avait un vélo ou un dessus-de-lit. Je peux seulement imaginer le parking à vélos au coin de la rue et le double antivol, parce que je ne suis jamais allée chez lui, que je n'ai jamais vu comment il vivait, que je n'ai jamais connu le Gat qui existait en dehors de Beechwood Island.

Sa chambre doit être vide à présent. Il est mort depuis deux ans.

Ça aurait pu marcher entre nous.

Oui, j'en suis sûre.

Je t'ai perdu, Gat, parce que je suis tombée désespérément, terriblement amoureuse de toi.

J'imagine mes Menteurs prisonniers du brasier, leurs derniers instants, la fumée dans leurs poumons, leur peau brûlante. Comme ils ont dû souffrir.

La chevelure de Mirren en feu. Le corps de Johnny gisant à terre. Les mains de Gat, ses doigts brûlés, ses bras racornis par les flammes.

Sur ses mains, deux mots. À droite : *Gat.* À gauche : *Cadence.*

Mon écriture.

Je pleure parce que je suis la seule survivante. Parce que je vais devoir continuer à vivre sans les Menteurs. Parce qu'ils devront affronter la suite, quelle qu'elle soit, sans moi.

Moi, Gat, Johnny et Mirren.

Mirren, Gat, Johnny et moi.

Nous étions ensemble, cet été.

Mais sans l'être vraiment.

Oui et non.

Tout est ma faute, à moi et à moi seule – et pourtant, ils m'aiment. Malgré ces pauvres chiens, malgré ma bêtise et ma grandiloquence, malgré le crime que nous avons commis. Malgré mon égoïsme, malgré mes pleurnicheries, malgré l'absurdité qui m'a valu d'être la seule à m'en sortir et mon incapacité à apprécier cette chance à sa juste valeur, alors qu'eux… eux n'ont rien. Rien, plus rien, hormis ce dernier été passé ensemble.

Ils m'ont dit qu'ils m'aimaient.

Je l'ai senti dans le baiser de Gat.

Dans le rire de Johnny.

Mirren l'a même crié face à l'océan.

Je crois que c'est pour ça qu'ils sont revenus.

J'avais besoin d'eux.

83

Maman cogne à ma porte et m'appelle.

Je ne réponds pas.

Elle revient une heure plus tard.

– Laisse-moi entrer, veux-tu ?

– Va-t'en.

– Tu as la migraine ? Dis-moi juste si c'est le cas.

– Non, dis-je. C'est autre chose.

– Je t'aime, Cady.

Elle me répète ces mots sans arrêt depuis que je suis tombée malade, mais c'est seulement maintenant que j'en comprends le sens.

Je t'aime même si je souffre. Même si tu es folle.

Je t'aime malgré ce que je te soupçonne d'avoir fait.

– Tu sais que nous t'aimons tous, n'est-ce pas ? me lance-t-elle derrière la porte. Tante Bess, tante Carrie, grand-père, tout le monde ? Bess a préparé sa fameuse tarte aux myrtilles rien que pour toi. Elle sort du four dans une demi-heure. Pile à temps pour ton petit déjeuner. Je lui ai demandé.

Je me lève. Marche jusqu'à la porte et l'entrouvre d'un centimètre.

– Remercie-la de ma part. Mais je ne peux pas descendre pour l'instant.

– Tu as pleuré, constate maman.

– Un peu.

– Je vois.

– Pardon. Je sais que tu tiens à ma présence là-bas au petit déjeuner.

– Ne t'excuse pas, Cady. Vraiment, je t'assure. Tu n'as pas à demander pardon.

84

Comme d'habitude, Cuddledown est désert jusqu'à ce que le bruit de mes pas résonne sur les marches du porche. Johnny apparaît sur le pas de la porte et enjambe les tessons de bouteille avec précaution. En voyant ma tête, il s'arrête net.

– Tu t'es souvenue, me dit-il.

Je hoche la tête.

– De tout ?

– Je n'étais pas sûre de vous trouver encore là, dis-je.

Il me prend la main. La sienne est tiède, bien réelle, malgré son teint pâle, son air hagard, ses yeux creusés. Il a l'air si jeune.

Il n'a que quinze ans.

– On ne peut plus rester, m'explique-t-il. Ça devient trop difficile.

J'acquiesce à nouveau.

– C'est Mirren qui en souffre le plus, mais on le ressent aussi, Gat et moi.

– Où est-ce que vous irez ?

– Quand on partira ?

– Oui.

– Au même endroit que quand tu n'es pas là. L'endroit où on est maintenant. C'est comme...

Il marque une pause, se gratte la tête.

– Un lieu de repos. Ça ne ressemble à rien, d'une certaine manière. Honnêtement, Cady, tu sais que je t'aime, mais je suis crevé. Je voudrais m'allonger et en finir avec ces histoires. Ça remonte à si loin, pour moi.

Je le regarde.

– Je m'en veux tellement, Johnny.

Je sens les larmes enfler derrière mes yeux.

– Tu n'y es pour rien. On était tous d'accord, on s'est emballés, on partage la responsabilité de ce qu'on a fait. Tu n'as pas à porter ce poids toute seule. Pleure, fais ton deuil… mais ne t'accable pas.

Nous entrons dans la maison et Mirren sort de sa chambre. Je réalise qu'elle n'était sans doute pas là il y a encore une minute, juste avant que je franchisse la porte. Elle me prend dans ses bras. Ses cheveux blond miel sont ternes, ses lèvres gercées.

– Désolée de ne pas avoir pu faire mieux, Cady. Je n'avais droit qu'à une seule chance d'être ici, et… je ne sais pas pourquoi, je me suis réfugiée dans ma timidité. Je n'ai pas arrêté de te mentir.

– Ne t'inquiète pas pour ça.

– J'aimerais être une personne indulgente, mais j'ai encore trop de rage au fond de moi. Moi qui me croyais pure et pleine de sagesse, j'étais jalouse de toi et furieuse contre le reste de ma famille. Tout est allé de travers. Et on ne peut plus revenir en arrière, conclut-elle en enfouissant son visage contre mon épaule.

Je passe un bras autour d'elle.

– Tu étais toi-même, Mirren. C'est tout ce qui compte.

– Il faut que je parte. Je ne peux pas rester ici plus longtemps. Je retourne à la mer.

Non. Je t'en prie.

Ne pars pas. Ne m'abandonne pas, Mirren, Mirren.

J'ai besoin de toi.

Voilà ce que j'ai envie de dire, de crier. Mais je n'en fais rien.

Et une partie de moi voudrait saigner à même le sol du grand salon ou me transformer en une petite flaque de chagrin.

Mais je n'en fais rien non plus. Je ne me plains pas. Je ne cherche pas à ce qu'on s'apitoie sur mon sort.

Non. Je pleure. Je pleure en serrant la main de Mirren, je l'embrasse sur sa joue tiède et m'efforce de mémoriser chaque détail de son visage.

Nous descendons vers la petite plage en nous tenant tous les trois par la main.

Gat est là, qui nous attend. Son profil se détache à contre-jour sur le ciel rougeoyant. C'est l'image que je garderai de lui. Il se retourne et nous sourit. Accourt vers moi, me soulève et me fait tournoyer en l'air comme s'il y avait quelque chose à fêter. Comme si nous étions un couple heureux, deux amoureux sur une plage.

Je ne sanglote plus, mais mes larmes continuent à couler. Johnny déboutonne sa chemise et me la tend.

– Pour essuyer ton nez, me dit-il gentiment.

Mirren enlève sa robe d'été et se retrouve en bikini.

– Je n'en reviens pas que tu aies pris la peine de mettre un maillot de bain exprès, lâche Gat, son bras toujours autour de ma taille.

– Tu parles d'une folle, pouffe Johnny.

– J'adore ce bikini, répond Mirren. Je l'ai acheté à Edgartown, à l'été quinze. Tu t'en souviens, Cady ?

Il se trouve que oui.

On s'ennuyait à mort ; les petits avaient loué des vélos pour faire la randonnée jusqu'à Oak Bluffs, mais on ne savait pas du tout à quelle heure ils étaient censés rentrer. Et on devait impérativement les attendre pour les ramener sur l'île en bateau. Alors, pour tuer le temps, on s'était acheté des caramels, on avait regardé le vent souffler dans les manches à air et fini par pousser la porte d'un magasin de souvenirs pour essayer les pires maillots de bain possibles.

– Elle a « Martha's Vineyard mon amour » écrit sur le derrière, dis-je à Johnny.

Mirren se retourne. En effet, l'inscription est toujours là.

– Mon heure de gloire, dit-elle, non sans amertume.

Elle s'avance vers moi, m'embrasse sur la joue et déclare :

– Montre toujours un peu plus de gentillesse qu'il n'en faut, Cady, et tout ira bien.

– Et ne mange jamais rien de plus gros que tes fesses ! s'exclame Johnny.

Il me serre trois secondes dans ses bras et envoie balader ses chaussures. Tous deux entrent dans l'eau.

Je me tourne vers Gat.

– Tu t'en vas, toi aussi ?

Il opine.

– Je suis désolée, Gat. Je m'en veux tellement. Rien ne pourra jamais réparer ce que je t'ai fait.

Il m'embrasse. Je sens qu'il tremble. Je le serre dans mes bras comme si ce geste pouvait l'empêcher de disparaître et prolonger ce moment, mais sa peau est froide, humide de larmes, et je sais que c'est un adieu.

C'est si bon d'être aimée, même si ça ne dure pas.

C'est si bon de savoir que notre histoire a existé.

Puis il s'éloigne. Son départ est un crève-cœur. Non, ça ne peut pas se terminer comme ça. C'est impossible qu'on soit séparés pour toujours alors que notre amour est si fort. Cette histoire est censée avoir une belle fin.

Mais non.

Il me quitte.

Sauf qu'il est déjà mort, bien sûr.

L'histoire est finie depuis longtemps.

Gat court vers la mer sans regarder derrière lui et saute, tout habillé, dans les vagues.

Les Menteurs s'éloignent à la nage, dépassent l'extrémité de la crique et poursuivent leur route vers le large. Le soleil est haut dans le ciel et il scintille à la surface de l'eau, si brillant, si étincelant. Soudain, ils plongent –

ou quelque chose comme ça –

ou quelque chose comme ça –

et ils disparaissent.

Je reste là, à la pointe sud de Beechwood Island. Je me tiens sur la petite plage, seule.

85

Je dors, pendant des jours entiers sans doute. Impossible de me lever.

J'ouvre les yeux et il y a de la lumière.

J'ouvre les yeux et il fait nuit.

Je finis par sortir de mon lit. Dans le miroir de la salle de bains, mes cheveux ne sont plus noirs. Ils ont pris une teinte brun rouille, avec des racines blondes apparentes. Ma peau est parsemée de taches de rousseur et mes lèvres sont brûlées par le soleil.

Je ne suis pas sûre de savoir qui est cette fille dans le reflet.

Bosh, Grendel et Poppy me suivent hors de la maison, haletant et agitant la queue. Dans la cuisine de New Clairmont, les tantes sont en train de préparer des sandwichs pour un pique-nique. Ginny nettoie le frigo. Ed range des bouteilles de limonade et de bière au gingembre dans une glacière.

Ed.

Salut, Ed.

Il me fait un signe de la main. Décapsule une bouteille de bière au gingembre qu'il tend à Carrie. Farfouille dans le congélateur à la recherche d'un autre pain de glace.

Bonnie a le nez plongé dans un livre et Liberty coupe des tomates en tranches. Deux gâteaux, l'un avec écrit « chocolat » et l'autre « vanille », attendent dans leurs cartons de la pâtisserie sur le plan de travail. Je souhaite un bon anniversaire aux jumelles.

Bonnie relève la tête de son bouquin, intitulé *Apparitions collectives*.

– Tu te sens mieux ? me demande-t-elle.

– Oui.

– On dirait pas.

– La ferme.

– Bonnie est une peste, déclare Liberty, et ça ne changera jamais. Mais on va faire de la bouée tractée demain matin, si ça te dit.

– OK.

– C'est nous qui conduirons le bateau. Pas toi.

– Bonne idée.

Maman me serre fort et longuement dans ses bras, comme elle le fait lorsqu'elle s'inquiète pour moi, mais je ne lui dis rien.

Pas encore. Et sans doute pas avant un bon moment.

De toute manière, elle sait que la mémoire m'est revenue.

Elle le savait déjà en venant frapper à ma porte. Je l'ai senti.

Je la laisse me servir un scone qu'elle a gardé exprès depuis le petit déjeuner et un verre de jus d'orange.

Je trouve un feutre et inscris quelque chose sur mes mains.

À gauche : *Un peu plus.* À droite : *de gentillesse.*

Dehors, Taft et Will font les andouilles dans le jardin japonais. Ils recherchent des cailloux bizarres. Je les aide. Ils me recommandent de chercher en priorité ceux qui brillent ou qui pourraient servir à fabriquer des flèches.

Quand Taft me tend un caillou violet, parce qu'il se souvient que ce sont mes préférés, je le glisse dans ma poche.

86

L'après-midi, je me rends à Edgartown avec grand-père. Bess tient à nous y emmener en bateau, mais part ensuite vaquer de son côté tandis que nous allons faire des courses. Je trouve de jolis sacs en tissu pour les jumelles et grand-père insiste pour m'offrir un livre de contes de fées à la librairie du village.

– J'ai vu qu'Ed était de retour, lui dis-je près de la caisse.

– Mmm.

– Tu ne l'aimes pas beaucoup.

– Pas tellement.

– Mais il est quand même là.

– Oui.

– Avec Carrie.

– Eh bien, oui. (Il fronce les sourcils.) Et maintenant, cesse de m'asticoter, veux-tu ? Allons à la boutique de caramels.

Et c'est exactement ce que nous faisons.

C'est une sortie agréable. Il ne m'appelle qu'une seule fois Mirren.

L'anniversaire des filles est célébré le soir même, pendant le dîner. Il y a les deux gâteaux, les cadeaux. Complètement excité par le sucre, Taft s'érafle le genou en tombant d'un rocher dans le jardin. Je l'emmène dans la salle de bains pour lui mettre un pansement.

– C'était toujours Mirren qui me mettait mes pansements, dit-il. Enfin, quand j'étais petit.

Je lui presse le bras.

– Tu veux que ce soit moi qui le fasse, maintenant ?

– Oh, c'est bon, j'ai dix ans.

Le lendemain, je retourne à Cuddledown et ouvre le placard sous l'évier de la cuisine.

J'y trouve des éponges et des produits désinfectants parfumés au citron. Des rouleaux d'essuie-tout. Une bouteille de Javel.

Je balaie les bris de verre et les rubans de bolduc emmêlés. Je remplis des sacs-poubelles entiers de bouteilles vides. J'aspire les miettes de chips. Je frotte le carrelage poisseux de la cuisine. Lave les couvertures.

J'essuie la crasse sur les carreaux, range les boîtes de jeux dans le placard et ramasse les déchets dans les chambres à coucher.

Je laisse les meubles tels quels, agencés comme Mirren les aimait.

Mue par une impulsion soudaine, je prends un bloc de papier et un feutre à pointe fine dans la chambre de Taft et me mets à dessiner. Les personnages sont à peine plus élaborés que des bonshommes bâtons, mais on voit bien qu'il s'agit de mes Menteurs.

Gat, avec son nez impressionnant, est assis en tailleur avec un livre.

Mirren danse en bikini.

Johnny porte un masque et un tuba et tient un crabe dans sa main.

Une fois mon chef-d'œuvre terminé, je le colle sur la porte du frigo à côté de mes vieux dessins au pastel de papa, mamie Tipper et les chiens.

87

Il était une fois un roi qui avait trois filles d'une grande beauté. Ces filles devinrent des femmes, et ces femmes eurent elles-mêmes des enfants, de beaux enfants, très beaux et nombreux, mais hélas, il leur arriva quelque chose

quelque chose d'idiot,

de criminel,

de terrible,

quelque chose qui aurait pu être évité,

quelque chose qui n'aurait jamais dû arriver

mais qui, pourtant, a fini par être pardonné.

Ces enfants trouvèrent la mort dans un incendie – tous, sauf un.

Il ne restait qu'une survivante, et elle…

Non, ça ne va pas.

Ces enfants trouvèrent la mort dans un incendie, tous sauf trois filles et deux garçons.

Il restait donc cinq survivants.

Cadence, Liberty, Bonnie, Taft et Will.

Et les trois princesses, leurs mères, s'écroulèrent sous le poids de la rage et du désespoir. Elles burent et dépensèrent de l'argent, elles perdirent l'appétit, devinrent maniaques et obsessionnelles. Dans leur douleur, elles se raccrochèrent l'une à l'autre, se pardonnèrent et sanglotèrent ensemble. Les pères souffraient terriblement, eux aussi, même s'ils vivaient loin ; quant au roi, il sombra dans une douce folie dont son ancienne personnalité n'émergeait que de temps à autre.

Les enfants, eux, étaient en état de choc. Rongés par la culpabilité d'être encore en vie, rongés par la douleur qui leur martelait le crâne et la peur des fantômes, rongés par leurs cauchemars et leurs compulsions bizarres, autant de punitions qu'ils s'infligeaient eux-mêmes pour avoir survécu alors que les autres étaient morts.

Les princesses, les pères, le roi et les enfants s'effritèrent comme des coquilles d'œuf, à la fois ravagés et magnifiques – car beaux, ils l'avaient toujours été. Tout semblait

comme si

comme si

cette tragédie avait définitivement détruit leur famille.

Et peut-être était-ce le cas.

Mais peut-être pas.

Ils formaient une famille splendide. Toujours.

Et ils le savaient. En fait, avec le temps, le sceau de la tragédie qui les marquait finit par prendre un cachet glamour. Un cachet mystérieux, source de fascination pour ceux qui les observaient de loin.

« Les aînés des enfants sont tous morts dans un incendie, murmuraient entre eux les habitants de Burlington, les voisins de Cambridge, les parents des écoles privées du bas de Manhattan et les retraités de Boston. L'île a pris feu. Pendant un été. Vous vous souvenez ? »

Les trois filles, qui étaient déjà d'une grande beauté, devinrent encore plus belles dans le regard des autres.

Et ce détail ne leur échappa guère. Ni à leur père, pourtant en plein déclin.

Cependant, les enfants qui ont survécu,

Cadence, Liberty, Bonnie, Taft et Will,

savent bien, eux, que la tragédie n'a rien de glamour.

Ils savent qu'elle ne se déroule pas dans la vraie vie comme sur une scène de théâtre ou entre les pages d'un livre. Elle ne sert ni de châtiment ni de leçon de morale. Ses horreurs ne sont pas imputables à une seule personne.

La tragédie est une chose monstrueuse et compliquée, stupide et incompréhensible.

Voilà ce qu'ont appris ces enfants.

Et ils savent aussi que toutes les histoires

qui entourent leur famille

sont à la fois vraies et fausses.

Ce sont d'éternelles variations sur le même thème.

Et les gens ne cesseront jamais de les raconter.

Mon nom complet est Cadence Sinclair Eastman.

Je vis à Burlington, dans le Vermont, avec ma mère et nos trois chiens.

J'ai bientôt dix-huit ans.

Je possède une carte de bibliothèque bien usagée, une enveloppe de roses du Japon séchées, un livre de contes et une poignée de ravissants cailloux violets. C'est à peu près tout.

Je suis
responsable
d'un crime stupide et naïf
qui s'est transformé
en tragédie.

Il est vrai que je suis tombée amoureuse de quelqu'un et qu'il est mort, ainsi que deux autres personnes qui comptaient plus que tout pour moi. C'est la seule chose essentielle à savoir de moi,

la seule chose qui m'a définie pendant très longtemps
même si je l'ignorais moi-même.

Mais il doit y avoir d'autres choses à savoir.

Et il y en aura.

Mon nom complet est Cadence Sinclair Eastman.

Je souffre de migraines. Je ne peux pas souffrir les imbéciles.

J'aime jouer sur les mots.

J'endure.

REMERCIEMENTS

Merci avant tout à Beverly Horowitz et Elizabeth Kaplan d'avoir soutenu ce roman comme elles l'ont fait. À Sarah Mlynowski (deux fois), Justine Larbalestier, Lauren Myracle, Scott Westerfeld et Robin Wasserman pour leurs commentaires sur mes premières versions – je n'avais jamais montré un manuscrit à autant de gens, ni autant eu besoin du retour avisé de chacun d'entre eux. Merci également à Sara Zarr, Ally Carter et Len Jenkin.

Merci à Libba Bray, Gayle Forman, Dan Poblacki, Sunira Apte et Ayun Halliday, plus Robin, Sarah et Bob, de m'avoir tenu compagnie et fait la conversation pendant que j'écrivais ce livre. Toute ma gratitude à Donna Bray, Louisa Thompson, Eddie Gamarra, John Green, Melissa Sarver et Arielle Datz. Chez Random House : Angela Carlino, Rebecca Gudelis, Lisa McClatchy, Colleen Fellingham, Alison Kolani, Rachel Feld, Adrienne Weintraub, Lisa Nadel, Judith Haut, Lauren Donovan, Dominique Cimina et tous ceux et celles dont la créativité a permis à ce livre de trouver son public.

Enfin, merci à ma famille, qui ne ressemble en rien aux Sinclair.

L'AUTRICE

E. LOCKHART est l'autrice du best-seller international *Nous les menteurs*. Elle a également inventé la nouvelle superhéroïne Whistle pour DC Comics. Son roman *The Disreputable History of Frankie Landau-Banks* lui a valu le Printz Award Honor Book, le Cybils Award du meilleur roman pour jeunes adultes et a été finaliste du National Book Award.
Plébiscité par les plus grands auteurs, de John Green à Gayle Forman en passant par Ruta Sepetys et Maureen Johnson, *Nous les Menteurs* a bénéficié d'un accueil dithyrambique auprès des lecteurs, sur les réseaux sociaux et dans la presse, tout comme son préquel, *Famille de menteurs*.

EmilyLockhart.com/
Sur Instagram : @elockhart.com
Sur Twitter : @elockhart

Découvrez d'autres romans de E. Lockhart...

Famille de menteurs

Vous croyez tout savoir sur la famille Sinclair ? Vous n'êtes pourtant pas au bout de vos surprises...
Vous nous trouvez extraordinaires.
Tragiques. Magnifiques.
Nous ne nous écroulons pas, même lorsque nos amours nous trahissent.
Nous ne vacillons pas, même lorsque nous perdons l'un des nôtres.
Nous ne cassons pas, même lorsque le sang coule sur le sable.
Et nous avons *toujours* été des menteurs.

Trouble vérité

Deux héroïnes fascinantes et complexes.
Allez-vous les haïr ? Ou les défendre ?
Que fait Jule dans un hôtel de luxe au Mexique, avec une valise pleine de perruques, de maquillages et de déguisements ? Et où a disparu la mystérieuse et charismatique Imogen à qui rien ni personne ne résiste ?
Désir, jalousie, meurtre(s), romance et une amitié intense, de Las Vegas à New York, en passant par Londres et San Francisco.

Le papier de cet ouvrage est composé de fibres naturelles, renouvelables, recyclables et fabriquées à partir de bois provenant de forêts gérées durablement.

Mise en pages : Nord Compo

Loi n° 49-956 du 16 juillet 1949
sur les publications destinées à la jeunesse

ISBN : 978-2-07-519487-7
N° d'édition : 598042
Premier dépôt légal : mai 2015
Dépôt légal : juin 2023

Imprimé en Italie par Grafica Veneta S.P.A.